フョードル=ミハイロヴィチ=
ドストエフスキイ
（1847年）

ドストエフスキイ

●人と思想

井桁 貞義 著

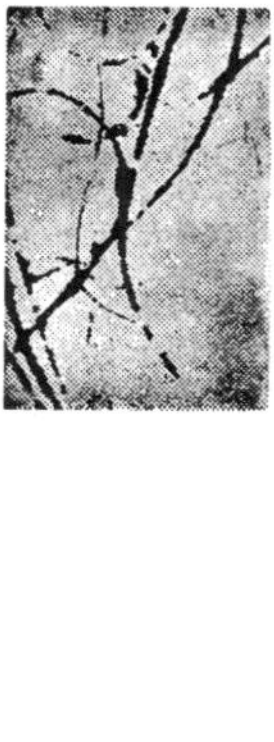

82

Century Books 清水書院

現代に生きる作家――ドストエフスキイ

「私たちはきょうここに、新しい参加者として、ソ連からアカデミー会員フラープチェンコ氏、ゴーリキイ世界文学研究所のパリーエフスキイ氏、そして現在刊行中の三〇巻全集の編集者フリードレンデル氏を迎えることができたことを大きな喜びとするものであります。また、今回初めてアジアから、日本の〈ドストエーフスキイの会〉の代表者が参加してくれました。井桁貞義氏を迎え得たことを嬉しく思います。今後さらにオーストラリアやハワイなどからの研究者を多く迎えてゆくなら、私たちのソサエティは真に国際的なものとなり、重要性を増してゆくことになりましょう。……」

一九七七年八月、私は第三回国際ドストエフスキイ－シンポジウムに参加するため、コペンハーゲンの郊外の国際会議場へでかけていった。

このシンポジウムを主催するのはアメリカのジョージ＝ワシントン大学に事務局を置くインターナショナル－ドストエフスキイ－ソサエティ。一九七一年、ドストエフスキイの生誕一五〇年を記念して設立された。その後三年ごとに、ヨーロッパ各地を巡回して国際シンポジウムが開かれ、一九八九年七月、ユーゴスラヴィアのリュブリアナで第七回が予定されている。現在、メンバーはインドや南アフリカ連邦などにひろがり、毎回数十人の報告者によりほぼ一週間にわたって、さまざまな方法と視点から、ドストエフスキイの作品の持つ意味が論じられる。リュブリアナでの統一テーマは「二〇世紀におけるドストエフスキイ」とされている。

ところでこのソサエティの存在を私が知ったのは、ソ連で出されている『ドストエフスキイ三〇巻全集』の文献目録の欄だった。これは一九七二年から刊行が続けられている、決定版とも言える全集で、現在残されているドストエフスキイ資料のほぼ全てが収録され、同時に詳細な注が付けられている。この全集によってドストエフスキイ研究は飛躍的な前進を遂げつつあり、一七年がたった現在、ようやく完結に向かおうとしている。全集の発行の背景には、とくに一九五〇年代末からのソ連でのドストエフスキイ人気の高まりがあり、現在もソ連の各地で開催されているシンポジウムは多くの聴衆を集めている。

ところでコペンハーゲンでの研究発表の最初に、私は日本人の〈ドストエフスキイ体験〉について語り、これまでに翻訳全集が一一回も企てられてきたことなどを述べた。この情報は欧米のロシア文学者たちに驚きをもって受け取られ、パリやニューヨークで出ている複数のロシア語新聞に報道されることになった。彼らは〈東洋の彼方、日の出づる国〉で、なぜそんなにドストエフスキイが読まれるのか、と尋ねてくる。

このような、世界規模のドストエフスキイ読みと深いところで通じるものがあったのだろう。日本では一九六九年に「ドストエーフスキイの会」が設立された。以後ほぼ二か月に一度の割合で研究例会が開かれ、その都度発行されてきた会報はすでに一〇〇号を越え、最近二〇年間の日本の精神的な展開を映し出す鏡ともなっている。

何が二〇世紀の人々の心をこれほどとらえるのだろうか。

一九八一年、ドストエフスキイの没後一〇〇年にちなんで新聞に書くように依頼された時、わたしは記事の終わり近くに次のように書いた。

「私が最も興味深く思うのは、ドストエフスキイの文学がこの時代の人々の全存在を深いところで規定する世界感覚を表現しているのではないか、という問題である。おそらくドストエフスキイはルネッサンス以後、ヨーロッパを、そしてやがてロシア、日本等を覆うに至る主導的な思潮の最後の歌を歌ったのであり、またその価値体系の解体と変形を言いあてていたのであり、しかもなお人間の魂に見入ることにより、そこからの出発の手がかりを与えていたということである。つまり彼の文学においてある一つの価値が終わり、もう一つの価値が模索されているといったらよいだろうか。」（一九八一年二月一〇日付「読売新聞」）

本書ではこうした問題を解く材料をできるだけ多く提示し、この作家の生きたことの意味を読者とともに考えようとしている。

ロシア、ソ連の文芸学には、おもに一九世紀以後、いくつかの学派が形成されてきている。それらは〈神話学派〉〈文化歴史学派〉〈心理学派〉〈比較文学派〉〈マルクス主義学派〉〈詩学派〉などである。これらのうち、本書では主として二つの流れ、すなわち〈文化歴史学派〉および〈詩学派〉の方法を交互に用いることで、この作家の〈人と思想〉を立体的に浮かび上がらせようと努めている。

おおむね、奇数章で用いたのは作家の伝記的事実を精密に調べて、これを時代のさまざまな動きと関連させて叙述する〈文化歴史学派〉の方法である。ここでは、時代の出来事に極めて敏感に反応した〈同時代作家としてのドストエフスキイ〉に光をあてようとしている。筆者の興味は、作家の生きた一九世紀ロシアとヨーロッパの時代と文学、思想の状況に向けられ、その中でドストエフスキイの作品を捉え直すことに向けられている。

これに対して偶数章で用いたのは、作品の内部世界の分析をとおして、そこに描かれている世界観あるいは思想像を明らかにすることをめざす〈詩学派〉の方法である。いま述べてきたように、この作家の作品は、時代と空間の枠組を越えて私たちの精神に呼びかけてくる。それはなぜか。彼の作品の持つそうした内在的世界の言語構造に目を向け、〈大きな時間〉（バフチン）のコンテクストのなかでこれを捉えようとする。

本書ではドストエフスキイについて日本でこれまで繰り返し紹介されてきた事象についての叙述は最小限にとどめた。ドストエフスキイについてドストエフスキイの文学のなかで語ることで見えてくるものは少ない。この作家の創作活動の周辺の事情、作品の成立の基礎に目を向け、作家の思考を具体的に浮かび上がらせること、本書はむしろ、ドストエフスキイをとおしてロシア近代文学の歴史を語るという赴きのものになった。

　本書をきっかけにしてドストエフスキイの世界に触れ、巻末に掲げた多くの文献を道しるべとして、読者がドストエフスキイの世界に、またロシア文学と文化の流れの中に、さらに深くはいって行かれることを希望し、期待したい。

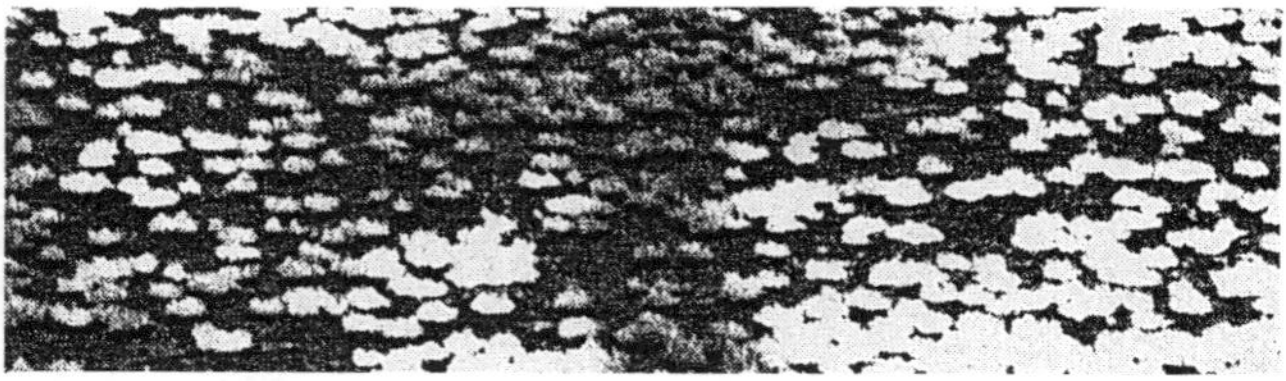

目次

現代に生きる作家——ドストエフスキイ……三

I　デビューまで

ロマンティックな精神……一四

ヨーロッパ文学の転換点……三〇

II　『貧しき人々』——〈テクストの出会い〉と〈出会いのテクスト〉

論争の小説——モチーフについて……三八

重層化された構造——プロットについて……四二

〈物と化する眼差し〉への反抗——テーマについて……四五

文学の問題として——スタイルについて……四九

III　〈ユートピア〉の探求

〈貧しい役人の物語〉の射程……五四

ロシア－ユートピア像の系譜のなかで……五八

Ⅳ　『地下室の手記』――〈アンチ・ヒーロー〉による〈反物語〉

ドストエフスキイ版『現代の英雄』……七四

〈新しいヒーロー〉のパロディ……七九

〈光のユートピア〉と〈地下室〉……八四

Ⅴ　宗教生活

宗教体験について……九四

シベリアの『ロシア語訳聖書』……一〇三

Ⅵ　『罪と罰』――再構築と破壊

創作の第一段階――ラスコーリニコフの造形……一一三

創作の第二段階――ソーニャの造形……一二四

創作の第三段階――スヴィドリガーイロフの造形……一三五

最後の変更――黙示録ヴィジョンの露出……一四〇

〈境界越え〉の小説……一四三

Ⅶ　カタログ式西欧旅行案内

Ⅷ　『悪霊』――レールモントフとニーチェを結ぶもの

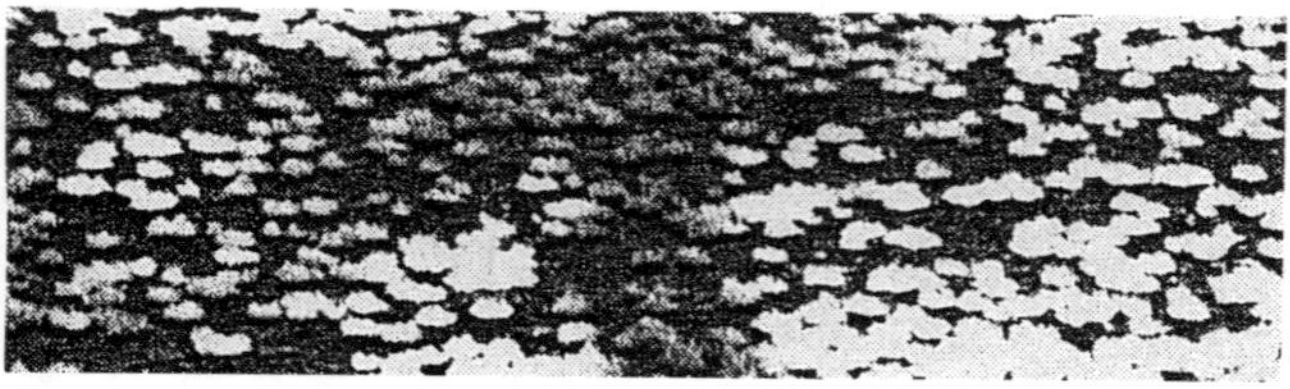

イワーノフ謀殺……一六六

ロシアのファウストたち……一七三

ニーチェの『悪霊』からの抜き書きについて……一七九

IX　ジャーナリスト・ドストエフスキイ

校正係の見たドストエフスキイ……一八六

文明論の構図……一九六

シベリア以後の長編構想――民族と自分のたどる道……二〇〇

X　『カラマーゾフの兄弟』――修道僧と〈聖なる愚者〉たち

東方教会の文化価値……二〇六

「子供にどんな罪があるのか」……二一三

聖者伝の記者として……二一八

あとがきにかえて――戦後日本文学のなかのドストエフスキイ……二二四

年　譜……二三〇

参考文献……二四一

さくいん……二四五

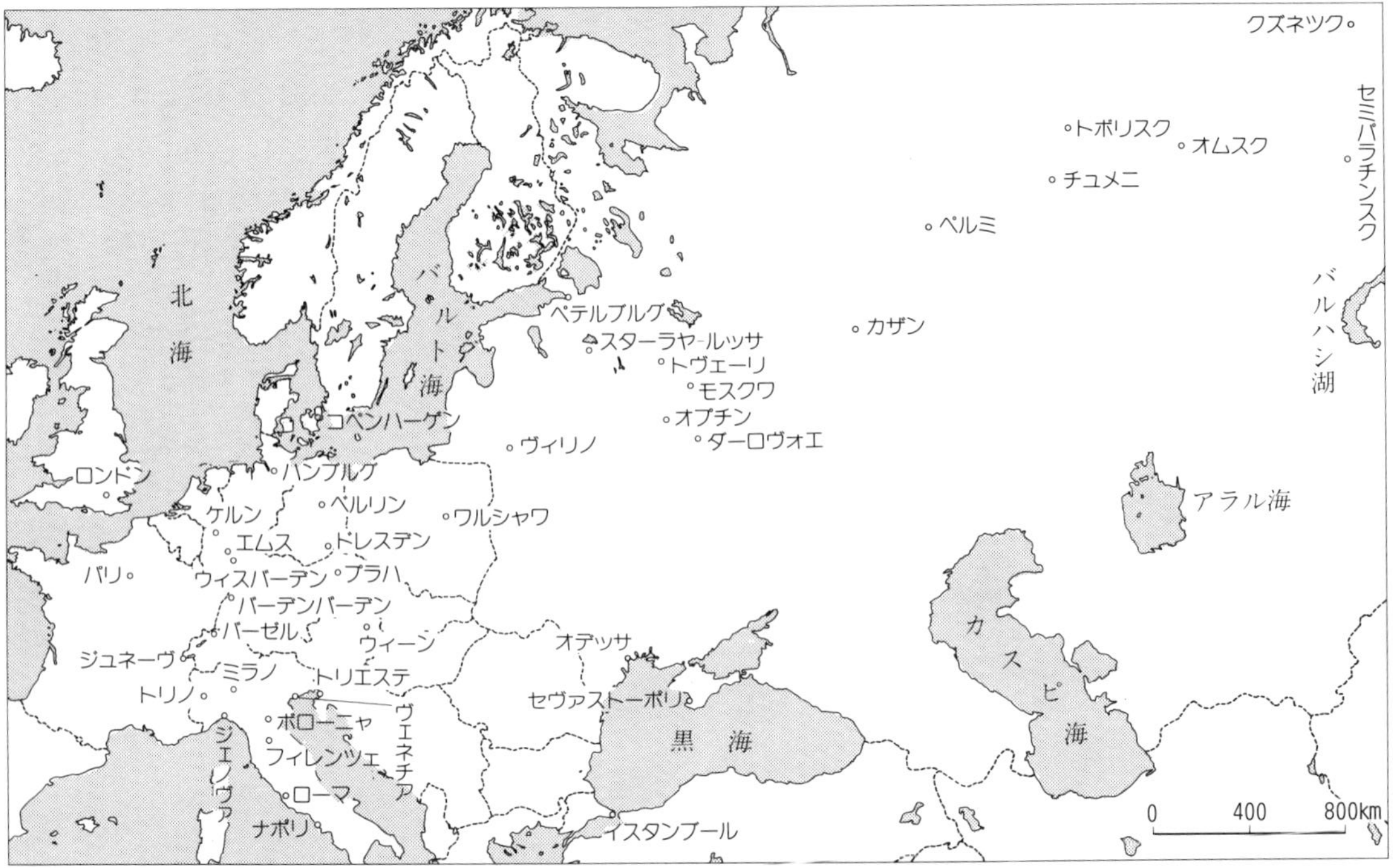

ドストエフスキイ関係地図

I　デビューまで

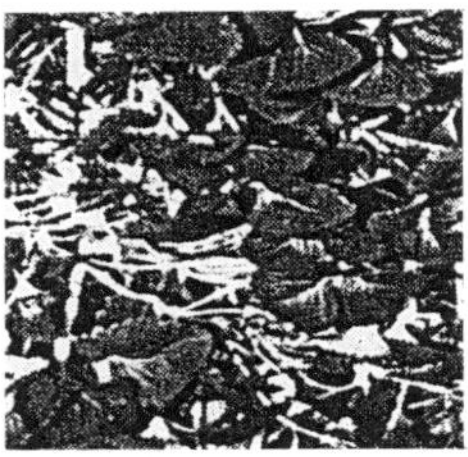

ロマンティックな精神

ナポレオンと
バイロンの世紀

歴史は、時に、意味ふかい偶然を用意するものらしい。一八二一年。ドストエフスキイがモスクワの郊外でこの世に生を享けた年は、世界史の上ではまず何よりも、はるか西の孤島セント＝ヘレナで、ナポレオンが五二歳の生涯を終えた年として記憶にとどめられる。ドストエフスキイは後年のある手紙（一八六〇年三月一四日付、シューベルト宛）で、自分の筆跡がナポレオンのそれとよく似ていることを誇らしげに述べているが、この英雄との生没年の一致は、作家の意識に微妙な影を投げかけていた。この同じ年、パリではボードレールが生まれている。

一八二四年には、もう一人の〈時代の英雄〉、イギリスの詩人ジョージ＝ゴードン＝バイロンが死ぬ。ギリシア独立軍に参加していたこのロマンティックな詩人の死はナポレオンの死と結びつけられた。一つの時代の終わり。ヨーロッパ全体に広まったこの印象はまた、ロシアの若者たちの共有するものでもあった。この年に書かれたプーシキンの詩「海に」は時代の精神を知るうえで、またその後のロシア詩人たちに与えた影響の大きさという点からも貴重な作品だ。ナポレオンとバイロンとを結ぶイメージとしての〈海〉は嵐のような力、自由への抑え難い希求のシンボルとして以後のロシア文学のなかに永く生き続けることになるだろう。

同時代の青年詩人たち、キューヘリベケルやレールモントフ、チュッチェフたちにも、この前後に、〈自由のイデア〉のシンボルとしてのナポレオンを歌った詩をいくつも見出すことができる。一八二〇年代から三〇年代の前半のロシアはロマンティックな詩の時代だった。

一八二五年、ヨーロッパの上に神聖同盟の網を張りめぐらせて君臨しようとしたロシア皇帝アレクサンドル一世が没する。ヨーロッパ近代社会との接触のなかで青年将校たちの間に満ちていたロシアの現状への不満は、これを機会に噴出する。デカブリスト（一二月党員）の乱である。新皇帝の即位を阻止し、共和制への移行を求める革命軍はペテルブルグの冬宮前広場に集合する。しかし、確固とした組織も綱領ももたない前駆的なこの試みが成功するはずもなかった。多くの逮捕者を出し、指導者の何人かがシベリアへと流される。そして彼らの妻たちもまた夫のあとを追ってシベリアへと赴く。そしてその夫人たちは、シベリアの流刑地にあっても、啓蒙のイデアを人々に説くことを止めなかった。シベリアの町トボリスクに送られてくる政治犯たちに会見を申し込み、語り合い、励まし、『聖書』を手渡すという行為を続けていたデカブリストの妻フォン＝ヴィジナ夫人たちに、懲役に向かうドストエフスキイが出会うのは、事件からほぼ四半世紀たった一八四九年のことである（この『聖書』については第V章を参照）。

のちの作家フョードルが生まれたのはモスクワの郊外、というよりは北の場末にある帝立モスクワ救貧養育院付属聖マリア慈善病院の右の翼の建物だった。現在も病院として使われているこの建物の壁には作家ドストエフスキイ出生の家とのプレートが掲げられている。あたりは今も木造の古い平屋の立ち並ぶうらぶれた街並が続く。

聖職を棄てた父

作家の父ミハイルの生涯にもまたナポレオン戦争の影は落ちている。といってもこちらはきわめて現実的な、生活のレヴェルの影響だ。

ミハイルは一七八九年に僧侶の家に生まれ、ポドーリヤの神学校に通っていた。しかし彼はこの職業を望まず、父親とは口論ばかりしていた。のちになっても自分の家や家族について語ることを好まなかったという（作家の娘リュボーフィの回想から）。

とうとうミハイルは一五歳の時に父親のもとを飛び出し、モスクワへ出、一八〇九年、帝国医学アカデミー医学部モスクワ分校に入学する。一八一二年のナポレオンのロシア侵攻に際して起こった深刻な医師不足のため、当時第四学年に進級していたミハイルも軍医として前線に派遣されることになった。

戦争終結後、いくつかの連隊の軍医を勤めた後、一八二〇年にミハイルは軍務を退く。この前年、ミハイルは同じ軍医仲間のマースロヴィチを通じてマリア＝フョードロヴナ＝ネチャーエワと知り合い、結婚。こちらはモスクワ第三ギルドに属してラシャ市場に店を構える商人の娘だった。

一八二一年に救貧養育院の医師となった父ミハイルは厳格な規律正しい生活を送る。優秀な勤務

父ミハイル

成績に対し一八二五年に聖アンナ三等勲章を受け、一八二七年に八等官、妻マリアの死ののち、一八三七年に退職する時には六等官になっていた。こうして彼は精勤を続け、一度ならず奨励金を受け、高い勤務評価を得て、次第に豊かな家庭環境を作り上げていった。三男アンドレーイの回想によれば——

「祖父はなにがなんでも息子、つまり私達の父を、跡継ぎに仕立て上げたがった。聖職に就かせたかったのである。ところが、父は自分がこの職業に向いているとは感じられなかった。そこで母の同意と祝福を得て、父親の家を飛び出してモスクワへ出ると、医学アカデミーに入学した。なみなみならぬエネルギーを注いだ父は、有効な後ろだても援助もなしに立派に道を切り開いた。兄フョードルが両親について抱いていた意見を伝えておきたい。それは七〇年代の終わり頃のことだ。話題が遠い昔のことに触れ、私は父親について話した。兄はたちまち活気づき、私の肘の上のところをつかむと（これは腹を割って話す時の癖だった）、熱心にこう言った。いいかい、実に進歩的な人々だったじゃないか。現代に生きていたとしても進歩的でとおるにちがいない。だが私やおまえなんかはもうああいう家長、ああいう父親にはなれないんだよ。」

これは兄弟たちによってあまりに理想化され過ぎた父親像ではあるけれど、少なくともある時期までの父ミハイルの姿の一面を表していることは間違いないだろう。

あるいはデビュー作『貧しき人々』の印象によるものか、作家ドストエフスキイの育った家庭はたいへん貧しいものであった、とのイメージを読者は捨て切れない。けれどもそれは事実ではなさそうだ。この家庭はむしろ典型的な中流市民の家庭だったといってよい。教会にはわざわざ麗々しく着飾った従者を後乗りさせた馬車で乗り着け、蓄財に励み、一八三一年にはモスクワの南方、トゥーラ県にあるダーロヴォエ村を、つづいて一八三二年には隣のチェルマーシニャ村（農奴一〇〇人、五〇〇ヘクタールほどの広さだった）を購入する。こうした父親の上昇志向は子供たちへの厳しいラテン語教育などにもうかがわれ、やがて当時としてはおそらく手堅い職業であっただろう工兵将校への道へと、未来の作家の人生の行路をいやおうなく押しやってゆく。

静かな日々

この家庭の日常は単調に過ぎてゆく。朝六時頃に起床、七時には父は病院に出る。家族は部屋の掃除やペチカの支度をする。父は九時頃にいったん戻り、市内の患者たちの往診にでかける。子供たちは勉強をする。父が帰ってきて、昼食をとる。午睡ののち、午後四時にお茶を飲み、父は再び病院へ行く。晩には家族が客間に集まって朗読しあうことが多かった。そして八時に夕食。お祈りの後に就寝。

夏の間は日課に少しの変化が起こる。午後六時頃、涼しくなってから一家で近くの森まで散歩しに行くのである。この散歩のあいだにも父は街角を利用して幾何学の原理を子供たちに語って聞かせたりした。

晩の客間での朗読会では父と母が交替で読み、後には上の兄弟たちが変わることもあった。

そこで読まれたのはどんな本だっただろう。弟アンドレーイの証言によれば、好んで読まれたのはまず歴史もの。ニコライ＝ミハイロヴィチ＝カラムジーンの『ロシア国史』。これは一八一八年に最初の八巻までが出され、一八二一年にはイワン雷帝の治世を叙述した第九巻が出た。一八二四年にはフョードル＝ヨアノヴィチやボリス＝ゴドゥノーフについて述べた第一〇、一一巻が出て、第一二巻は著者の死によって中断された。ドストエフスキイ家でよく読まれたのはこの九巻以後だったという。たとえばここに描かれている〈聖なる愚者〉の姿などは作家の心に刻みつけられたようだ（第X章を参照）。

文学作品ではジェルジャーヴィンの頌詩「神」（一七八四）、ジュコーフスキイの作品や翻訳、それに、一八世紀イギリスの作家スターンの『センチメンタル・ジャーニー』の影響を受けて書かれたカラムジーンの感傷的な紀行『ロシア人旅行者の手紙』（一七九一〜九七）や短編小説『哀れなリーザ』（一七九二）、そしてヴェリトマンの長編小説『心と思い』（一八三八）やナレージヌイの『神学校生徒』（一八二四）、外国文学ではウォルター＝スコットの作品などを読んでいた。

このほかこの家庭で読まれていたものとして、アンドレーイが挙げているのは、ザゴスキン『ユーリイ・ミロスラーフスキイ』、ラジェーチニコフ『氷の家』、マサリスキイ『近衛兵』、ベギチェフ『ホルムスキイ家の人々』、ダーリ『コサックのルガンスキイの物語』など。この短いリストからすでに、ドストエフスキイ家の読書範囲が、当時の最新の文学の潮流をかなり注意深く追うものだったということがわかる（この頃フョードルがゴーゴリの作品を読んでいたかどうか、アンドレーイの記憶は定かでない）。

アンドレーイによれば、いちばん上のミハイルは詩が大好きで自分でも詩作に手を染めたりしていた。これに対してフョードルは歴史ものや散文に大きな興味を持っていた。そしてこの二人が共通して評価していたのはプーシキンであり、二人ともほとんど全部の詩を暗記しており、手に入った作品をいくどとなく読みかえしていたという。

劇場などに行くことはあまりなかった。その稀な機会に、一〇歳の頃モスクワで見たシラーの『群盗』は忘れられないものになった。主演が名優モチャーロフだったせいもあってか、この劇はフョードルに強烈な印象を残した。彼は五〇年後の手紙（一八八〇年八月二八日付）でこの観劇の思い出を語り、〈幼年期の美の印象〉の重要性を論じている。また彼は自分自身でも子供たちにシラーを朗読して聞かせた、という。この時のシラーの『群盗』のプロットは、はるか半世紀後の『カラマーゾフの兄弟』の創作において、大きな役割を演じることになる（第X章を参照）。

フォークロアと土の体験　両親との読書はロシアおよびヨーロッパの近代文学、とりわけセンチメンタリズムとロマンティシズムの教養を子供たちに与えた。いっぽう、この家庭に出入りする乳母たちは子供たちにおとぎばなしを語って聞かせてくれた。日が暮れる頃、〈父が患者のカルテの整理に追われている時など、子供たちは暗がりのなかで『火の鳥』や『アリョーシャ・ポポー

「百姓マレーイ」の挿絵

ヴィチ』『青髭』などありとあらゆる物語に聴き入り、息をはずませ、恐ろしさに身をすくませていた。

青春時代、ヨーロッパ近代の文化の魅力に惹き付けられ、その流れに巻き込まれる。しかしやがてある時、幼年時代に触れた土着の文化、フォークロアなどに息づく民衆の精神の古層の価値に回帰し、その探求へと意識的に向かい始める——日本を含む非ヨーロッパ文化圏に、近代ヨーロッパとの接触ののちに繰り返されてきたこのような精神の彷徨のありようを、わたしたちはドストエフスキイの心理的プロセスのなかにも見出すことができる。ロシアでそうした過程の最も早い表れ、原型となった作家がプーシキンだった。

この時期の作家の幼年期の体験としてもう一つ重要なことがある。さきほど触れた領地の購入だ。一八三一年に購入されたダーロヴォエ村で、母と上の三人の兄弟たちは六年にわたって夏を過ごしている。美しい村、深い森、澄み切った泉の水。ここでドストエフスキイ家の少年たちは〈自然児〉としての生活と冒険を満喫した。彼らは〈野蛮人ごっこ〉や〈ロビンソンごっこ〉をして遊んだ。（ルソー型のユートピア－イメージについては第Ⅲ章を参照）。

弟アンドレーイはこの遊びをフョードルが考案したものと書いているが、たとえばロビンソン＝クルーゾー遊びはトルストイの『幼年時代』にも出てくる。これは当時のヨーロッパ、少なくともロシアの子供たちのあいだで広くはやっていた遊びらしい。

フョードルは一八七六年五月の『作家の日記』に短編「百姓マレーイ」を書く。一〇歳ほどの男の子である〈私〉が森を歩いていた時、不意に「狼だ」という幻聴に襲われる。おびえた〈私〉を優しくなだめてくれたのは畑仕事をしていたマレーイだった。この体験を思い出したのはシベリアの監獄の板の上に横たわっていた時だ……。

この話はいかにも作者のイデオロギー的な思い入れの強い作品と見える（第Ⅸ章を参照）が、アンドレーイの証言によればマレーイは、この頃ダーロヴォエ村に住んでいた実在の人物がモデルになっており、これは牛の見立てに長けた立派な農民であった、という。

一八三四年秋、ミハイルとフョードルはモスクワのチェルマーク寄宿学校に入学する。その頃、費用のかからない公立のギムナジウム（中学校）は体罰が日常的に見られるなど評判が悪く、私立のほうがよいとされていたので。ここにも教育に熱心な父親の意志をうかがうことができるだろう。

〈アベル化されたカイン〉　父ミハイルの性格は、のちのドストエフスキイの作品の登場人物の何人かを思い起こさせる。

妻に宛てた手紙には、いっぽうで身体の変調を訴え、金銭に細かく、猜疑心のつよい側面と、他方では、愛情にあふれ、宗教的な感情に満たされる側面とが交互に現れてくる。いま、たとえば一八三六年の何通かを見てみよう――

「わたしの頭はかなりひどい目にあった。季節の変わり目はいつもこうだ。だが有り難いことにもうなんでもないよ。……

さようなら、わが友、わたしたちが安らかに暮らせるために、健康で幸福でいておくれ。どんなことでもよいから詳しく書いておくれ。おまえの書くことはなんだってわたしには楽しいんだ。誰よりも大切なおまえ、さようなら、わたしたち寄る辺のない者をわすれないでくれ。」（五月九日）

「大切な、誰よりも親しいおまえ、土曜日に手紙を受け取った。感情のすべてをあげてわたしの愛する妻に感謝を捧げる。わが家のみんなが健康であることを心から喜び、あらゆる祝福を授けてくださる主に、わたしに示された慈しみに対して涙とともに感謝を捧げる。わたしたちについて言えば、神さまのおかげでみんな元気だ。わたしの健康についての詰まらない考えを捨てておくれ。」（五月一九日）

「憂欝で死にそうだ。どこにも逃げ場所がない。寝ても起きても頭に何かしらつきまとって離れていかない。」（五月二三日）

「いったいおまえはどうしてそんなに金持ちなんだ。わたしに言っていない自分の金を持っているのじゃないか。」（五月二六日）

一八三七年、ドストエフスキイ家の生活は大きく変化する。前年の秋から病んでいた母マリアの肺結核が悪化し、二月二七日に死亡する。それはプーキシンが決闘で倒れた直後のことだ。作家が心から愛していた人々のこの二つの喪の重なりもまた、作家の心に意味ふかい偶然として映ったかもしれない。

父ミハイルはマリアの死後しばらくたってから上の二人の息子をペテルブルグの工兵学校に入学させることに決める。彼は二人を首都へと連れて行き、やがて帰ってくると、退職してすっかり田舎にひきこもってしまった。父ミハイルの性格はこの頃から急速に崩壊へと向かう。もともと揺れの大きい彼の心は、妻の死後、暗い側へと大きく振れていった。

ダーロヴォエの農婦アクリーナの証言によると――

「奥様が亡くなって一人になられた後、ミハイル様の嘆きはたいへんなものでした。憂鬱が襲ってくるとうめき声を上げ、部屋中を駆けまわって、壁に頭を打ち付けたりするのです。」

畑仕事に没頭していた農夫に、挨拶しないと難癖をつけて鞭をくらわせる。冬に帽子を取って挨拶すると、わざと風邪をひいて働かないつもりだろうとどなりつけ、帽子を取らなければまた鞭をくらわす。ミハイルの乱脈ぶりを、ダーロヴォエの住人たちは「獣じみていた」と回想している。そのうちの一人は「あの旦那の息子さん、フョードル＝ミハイロヴィチが偉大な人物になったと聞きましたがね。そいつは信じられねえ。あんなおやじさんの息子がそんなに偉くなるはずがないもの」とまで言っている。

一八三九年の六月、父ミハイルは農夫たちによって謀殺される。

この事件の真相はどうやらついにわからないままに残される。農夫たちによる殺害を否定する研究者までいるほどだ。諸説のうち、現在のところ最も信用度の高いものは、一九二五年、ダーロヴォエ村に調査にはいった二人の研究者、ヴォロツコイとネチャーエワが、土地の古老から採取した物語である。

ダーロヴォエ村の住人ダニール＝マカーロフの語るところ、事件は次のようにして起こった。その日、チェルマーシニャからの四人の農夫が病気と称して作業に出なかった。ミハイルは、御者の止めるのも聞かず、チェルマーシニャに乗りつけた。農夫たちは道で待っていた。ミハイルは手にした棒を振り上げる。農夫たちは逃げ出した。追い掛けてきたミハイルを、身体の大きな力のある男が後ろからはがいじめにして、前もって相談していた場所に縛り付け、なぐりかかり、用意の酒を口から注ぎ込んだうえにぼろきれを詰めて息ができないようにした。

御者が僧を呼んできた時にはミハイルはもう虫の息だった。僧もほかの誰も、審問に答える者はなく、発作で死んだとみなされた。以前にも発作は起こっていたから。

父の死の報知がどんな影を兄弟の心に投げかけたか。とくにフョードルにとっていかなるものだったか。事件直後に書かれた書簡があったらしいが、今は失われている。

一八三八年の一月にフョードルはペテルブルグの中央工兵学校に入学する。だが兄ミハイルは健康上の理由から入学が認められず、レヴェリの町へと向かうことになる。こうしておもいがけなくフョードルはよそよそしい首都にただ一人で残された。

人間は秘密の存在

工兵学校は当時の軍関係の学校のなかでは、とりわけ学問的な雰囲気を強く持っていたといわれる。とはいえここでカリキュラムの中心になるのは、もとより応用的、実用的な学問であり、一般教養としては次のような課目があるばかりだった。すなわち、神学のほかには、ロシア語、フランス語、ドイツ語、歴史学、物理学。

中央工兵学校の前身は一八〇四年に開校されたスフテレーン将軍の工兵学校だった。一八一〇年からは士官工兵学校と改称、一八一九年から中央工兵学校となった。教室での授業は八時から一二時までと三時から六時までの二回。午後七時から八時までが復習時間、八時から九時までが体操やフェンシング、ダンスにあてられていた。

痩せた、顔色のさえない青年ドストエフスキイはここではフォチイという仇名で呼ばれていた。この人物は、一八三八年に亡くなったばかりの僧院長で、上流階級では「聖人、謙虚なる人、あの世の人」などと呼ばれていた。おそらくこの時期のドストエフスキイのイメージをよく伝えているのだろう。一八三九年八月一六日付の兄ミハイル宛の手紙で、フョードルは次のように書いている。

「ぼくの魂はかつての嵐のような衝動を感じることはできません。深い秘密を抱く者のようにすっかり静まりかえっています。〈人間と生きることとは何を意味するのか〉を学ぶ、この点ではぼくはかなり上達しています。人々の性格を学ぶことを、作家たちから教えられ、ぼくの生活の大部分は作家たちとともに自由に喜ばしく過ぎていきます。自分についてはこれ以上は黙っていましょう。自信はあるのです。人間は秘密の存在です。この秘密を解かなくてはなりません。一生をこの秘密の解明に費やしたとしても、時間を無駄にしたとは言えない。ぼくはそういう秘密に取り組んでいるのです。なぜなら、人間になりたいから。」

とはいえドストエフスキイは孤独のなかにとじこもってばかりいたわけではない。同級生の回想によれば、彼は工兵学校で出していた石版の新聞の編集長であり（編集者として最初の仕事がどんなものだったか、残念ながらこれに関する資料は残されていない）、また彼の音頭取りで、文学の夕べが休憩室で開かれたりした。こうした夕べには、話の面白さと抜群の記憶力で人気を集めていた学校の書記のイグムノフが出演。ジュコーフスキイのバラードやプーシキンの叙事詩、ゴーゴリの中編小説をすっかり語って聞かせたという。

一八四〇年一月一日にやはり兄に宛てて書かれた長い手紙には、一七歳のドストエフスキイの読書が語られていて、興味深い。

この手紙の文学論はまずイワン＝ニコラーエヴィチ＝シドローフスキイとの交友の思い出から始まる。シドローフスキイは一八一六年の生まれ。ハリコフ大学の法学部を卒業後、ペテルブルグに出、大蔵省に入る。ちょうどペテルブルグに来ていたドストエフスキイ父子と出会い、親交を結ぶことになる。シドローフスキイの健康はしかし、この都市の気候に耐えられず、ほどなく田舎の母のもとに戻る。ここでロシア教会の歴史をめぐる大きな仕事に向かったが、周囲への不満が募り、五〇年代にヴァルイスクの修道院に入る。だがここでも心の平安は得られず、キエフへと赴く。長老に助言を受けたシドローフスキイは村へと戻り、終生そこで過ごすが、僧服を脱ぐことはなかった。

ドストエフスキイは短い時期ではあれ、青春時代にしか起こり得ないほどの感激をもってこのロマンティックな友人との日々を送った。

「わたしの前にいたのは冷たい人間でも我を忘れた燃え盛る空想家でもなく、美にして崇高な存在、シェイクスピアやシラーの描くところの、正しい面影をもった人間でした。しかし彼はもはやその頃、バイロンの人物たちの暗い誘惑へとひかれてゆこうとしていました。――よく一晩中、座って話し込んでいました。それも何を話したというのでしょう。なんとあけっぴろげな、清らかな魂だったことか。」

シドローフスキイとは抒情詩について、また、ホメロスやシェイクスピア、シラーやホフマンについて語り合ったという。

この書簡にはほかにヴィクトル＝ユゴー、ゲーテ、ラシーヌ、コルネイユ、ロシア作家のなかではプーシキンやジェルジャーヴィンの名前が見える。

これから一年後、兄ミハイルが野戦工兵少尉補の試験に合格した折り、ペテルブルグにしばらく滞在したことがあった。旅立ちの前夜、パーティーでフョードルは自作の戯曲『マリア・スチュアート』と『ボリス・ゴドゥノーフ』を朗読している。前者はシラーの、後者はプーシキンの影響のもとに成立したと考えられるが、この〈ロマンティックな劇作家〉時代の草稿は残念ながら残されていない。

そしてこの頃すでに、若者たちの周囲では新しい文学運動が胎動を始めていた。

ヨーロッパ文学の転換点

散文への移行

今世紀ソ連の優れた文芸学者ボリス＝エイヘンバウムによれば、一八三〇年代のロシア文学には、詩の大ジャンルから散文への移行が、つまり種々の叙事詩から中、長編小説への移行が極めて明瞭に観察される、という。一八三一年に完成したプーシキンの「詩の形式による長編小説」『オネーギン』最終章はすでにこのような見通しのもとに書かれているし、ジャーナリストとして鋭敏な感覚を持っていたゴーゴリは、一八三六年「雑誌文学の動きについて」と題する論文で詩から散文への移行という〈明らかな事実〉を指摘しつつ、批評家たちがこの問題に目を向けない、と不満を述べている。ゴーゴリ自身が、一八二九年に時代おくれの物語詩『ガンツ・キューヘリガルテン』で手痛い失敗を経験したあと、一八三五年の『ネフスキイ大通り』で新しい時代を開きつつあった。ゴーゴリによれば散文作品にこそ「なにかオリジナルなもの、差し迫った誕生を示す光の火花がある」という。

エイヘンバウムはこうした動きの目安として、一八三六年から一八四二年に発表された次のような作品を列挙しているが、この数年間はドストエフスキイの工兵学校時代にぴったりと重なり合っている。

プーシキンの『アルズルーム紀行』（一八三五）と『大尉の娘』（一八三六）。ゴーゴリの『死せる魂』（一八四二）。レールモントフ『現代の英雄』（一八四〇）。ゲルツェン『若者の日記』（一八四一）。ラジェーチニコフ『氷の家』（一八三五）と『異教徒』（一八三八）。オドーエフスキイ『公爵夫人ジジ』（一八三九）。ソログープ『四輪馬車』（一八四〇）。

このほかに文集『ロシア作家百人集』や『ロシア人の描くわれら自然の姿』など。

この頃、複数の物語を詩的なフォルムのなかに円環的に配置することで長詩を創り出したプーシキンの『オネーギン』の企てと同じことが、散文のジャンルで行われなくてはならなかった。プロットを結合し、語り手の助けを借りてそれらを一人の主人公のまわりに配列すること。つまりロシア散文の革命ともいうべきものが要求されていた。ゴーゴリの『死せる魂』はまだ叙事詩だった。ロシアにおいて、このような心理を描く長編小説はレールモントフの『現代の英雄』においてはじめて成立することになる（第Ⅷ章を参照）。

生理学という ルポルタージュ文学　一八四二年、工兵学校を卒業したドストエフスキイはペテルブルグの工務局の勤務につく。この頃、彼のすまいを訪れたコンスタンチン＝トルトーフスキイは、ドストエフスキイがゴーゴリの作品について熱心に語っていたと回想している。若者たちはゴーゴリを新しい天才と認めていた。ドミートリイ＝グリゴローヴィチの思い出によれば、ドストエフスキイは『死せる魂』の最初から最後まで暗唱するのが好きだったという。

散文の時代の幕開けによって、文学の対象もまた大きく変化してゆく。もはや貴族の生活はかなたに押しやられ、新しい潮流の興味の中心になったのは、都会の住民の生活のありさまだった。ヨーロッパ文学史においてこのジャンルは〈生理学もの〉と呼ばれる。

〈生理学もの〉の最初の作品はフランスの作家ブリア゠サバランの『味覚の生理学（美味礼賛）』（一八二五）とされる。バルザックは『結婚の生理学』（一八二六）ののち、一八二九年に創刊された「ラ・モード」誌に雑貨屋、高利貸し、山師、手袋に見る風俗研究を掲載する。

一八四〇年にパリではこうした動きを決定づける文集が出た。九〇枚のグラビア入り『イギリス人自身の描くイギリス人たち』、そして同様の文集『フランス人の描くフランス人たち』である。後者の刊行は一八四二年まで続く。これは非常に大規模な出版物で、五巻をパリ、三巻を田舎にあてて、フランス社会のパノラマを新興の市民層に提供した。全部で一三七人の書き手のなかにはバルザック、ジョルジュ゠サンド、デュマら、そうそうたるメンバーが含まれている。全ヨーロッパにわたる大当りを見て、ロシア版を作ろうということになった。グリゴローヴィチはその頃のことをこんなふうに回想している。

「この頃のこと、洋書を売る本屋の棚に『生理学』と呼ばれる、たくさんの小さな本が並ぶようになった。どの本にもパリの生活風俗のさまざまなタイプの描写があった。こうした種類の描写のもとになったのはパリの有名な出版社で出した『フランス人の描くフランス人たち』だった。わが国でもさっそく真似するものが現れた。」

「ペテルブルグの辻音楽師」の挿絵

ロシアでもこの種の本の出版が次々に企画された。その早い企ての一つが、さきほどエイヘンバウムの散文リストの最後に挙げられていた『ロシア人の描くわれら自然の姿』だった。この文集は毎号八ページから一二ページで、一八四一年から四二年にかけて一四号にわたって発行された。部数は千部内外の規模のもので、各号のテーマは「水運び屋」「棺桶屋」「まじない師」「ウラルのコサック」などで、これらの人々の生活をバシューツキイやダーリなどの作家が分担して執筆している。たとえば「水運び屋」には――

当時ペテルブルグで水運びに従事するのはモスクワの北のトヴェーリ県出身者に限られていた。その数は千人を越えた。雨の日も雪の日も、炎暑の夏も規則正しく商売に出なくてはすぐに縄張りを取られてしまう。このきつい労働に耐えられるのは二二歳から四〇歳まで。路地に倒れる彼らの姿を目にするのも珍しくない……。

グリゴローヴィチの回想は続く。

「ネクラーソフは実際的な才能に恵まれた男で、いつもジャーナリズムの動向に気を配っていたが、やはりこの種類のものの出版を始めようと思い付いた。彼は何冊かの小さな本の出版を考えたが、その題名は『ペテルブルグの生理学』というのだった。これには住民のタイプのほかに、ペテルブルグの街頭や家庭内の生活に取材した日常的な情景やルポルタージュがはいることになっていた。ネクラーソフはわたしに、第一巻のためにそういうルポルタージュを書くようにと頼んできた。」

『ペテルブルグの生理学』第一巻は一八四五年に出る。グリゴローヴィチの作品「ペテルブルグの辻音楽師」は手回しオルガンをひく人々を追跡し、ルポしたもので、ここからは当時のイタリア人、ドイツ人、ロシア人の音楽師の風俗がいささかセンチメンタルに、しかし生き生きと浮かび上がってくる。

この巻にはネクラーソフ自身も「ペテルブルグの片隅。ある若者の日記から」を寄せている。これはもったいぶった酔いどれの一人称によって語られる最下層の都市住民の生活探訪。貧しいながら誇り高い人々が描かれる。

こうしてドストエフスキイのデビュー作が書かれる条件は次第に整っていった。

ペテルブルグなしでは生きられない　一八四二年から四四年にかけて、ドストエフスキイにとって「じゃがいものような、うんざりする日々」が続く。翻訳も試みた。一八四三年の一二月、クリスマスの頃にはバルザックの小説『ウージェニー・グランデ』の翻訳を進めていた。グリゴローヴィチの回想によればじっさいドストエフスキイもバルザックを愛読し、フランス最大の作家だと考えていたらしい。しかしこの仕事は、同じ年の七月にペテルブルグを訪れたこの作家のブームをあてこんだものでもあっただろう。ドストエフスキイの翻訳は編集部の手で三分の一ほどに縮められて「レパートリーとパンテオン」誌の一八四四年六月号、七月号に掲載された。この訳文は、原文の簡潔な文体と比べると感情表現が強くアクセント付けられるなど、当時のロシア文学の文体的特徴を帯びた、かなり自由な訳となっている。やがてドストエフスキイ訳『ウージェニー・グランデ』は、一八九六年に刊行が開始されたロシア語版『バルザック作品集』にも収められることになる。

一八四四年の前半にはドストエフスキイはジョルジュ＝サンドの『アルビーニの最後』の翻訳に手を染め、兄ミハイルにはウージェニー＝シュー作『マチルド』やシラー作『ドン・カルロス』の翻訳を勧めている。

しかし翻訳の仕事によっては思うように道の開けてこないまま、軍務の転属の話が持ち上がった。「ペテルブルグなしでぼくはなにをすればいいのでしょう?」（一八四四年九月三〇日付、兄ミハイル宛書簡）　ドストエフスキイは辞表を提出し、一〇月一九日付で退職する。この時未来を託していたのは、この年の夏から秋にかけて執筆していた「『ウージェニー・グランデ』くらいの分量の小説」だった。この小説が、数度にわたる改稿ののちに完成し、センセーションを呼び起こすのは一八四五年の五月末か六月の初めのことだった。『貧しき人々』である。

＊ドストエフスキイとボードレールの比較については次のものが優れている。芦川進一「ボードレールとドストエーフスキイ――ニーチェのデカダンス概念から」（「ドストエーフスキイ研究」第二号。海燕書房、一九八五）。

＊作家は父ミハイルのてんかん症を受け継いでいるだろう。ミハイルには〈アベル化されたカイン〉という二面的規定が最もよくあてはまるように思われる。大塚義孝「カイン疾患としての〈てんかん〉」（木村敏編『てんかんの人間学』〔東京大学出版〕二一八ページ）参照。また作家にとっての父の死の衝撃に関してはフロイトの古典的論考「ドストエフスキイの父殺し」がある（『フロイト全集』等に所収）。

＊〈生理学シリーズ〉はパリのオベール商会の発行だった。部数は六千から一万。一巻は一〇〇ページあまりで日本の文庫本より一回り小型だった。バルザック『役人の生理学』（新評論社）の解説（訳者鹿島茂による）を参照。また同社刊のバルザック『風俗のパトロジー』『ジャーナリズム博物誌』も興味深い。文集『ロシア人の描くわれら自然の姿』については井桁による「読売新聞」一九八七年七月一六日夕刊の記事を参照。

＊ドストエフスキイによる『ウージェニー・グランデ』翻訳については次の詳細な研究がある。杉里直人「ドストエフスキイの文学的出発」（「早稲田大学大学院文学研究科紀要」別冊第一四集、一九八七）。

II

『貧しき人々』

——〈テクストの出会い〉と〈出会いのテクスト〉

論争の小説――モチーフについて

往復書簡

これは男女の往復書簡体で書かれた中編小説である。男のほうはマカール＝ジェーヴシキンという中年の下級役人、女はワルワーラ＝ドブロショーロワという貧しい娘。この二人の、いっぷう代わった恋愛関係とでもいうべきもののプロセスを描いている。男からの手紙は四月八日付に始まる三一通。そして女からの手紙は、九月三〇日付で終わる二四通。ペテルブルグという大都会の片隅で、おそらく一八四〇年代前半のある年、春から秋にかけて起こった物語、という設定だ。

小説に、この二人がどのようにして出会ったかは書かれていない。が、いまは同じ中庭に面して住んでいる。ワルワーラは父に次いで母をなくし、身寄りもなく、売春宿をやっているアンナ＝フョードロヴナという女性に付け狙われている。というのも、前からブイコフなる紳士がこの女に、ワルワーラを世話してくれるようにと頼み込んでいたから。ワルワーラはブイコフを避けて、今の住まいに隠れすんでいる。マカールはそうした事情を知り、彼女の身の上に同情を寄せるが、彼に出来ることといえば、人目を避けて、なけなしの給料から花やキャンデーを届けることくらい。助けを求めるワルワーラの必死の呼びかけに有効な援助を差し延べる手立てを持たない。やがてブイコフはワルワーラを捜し出し、結婚を申し出る。迷ったあげく、ワルワーラは承諾を与え、この都会の片隅からブイコフの持つ農村へと去って行く。

この小説、じつは極めて論争的な小説だった。言い換えれば、ドストエフスキイは処女作において、自分自身の文学的遍歴の一つの決算を提出し、同時にロシア文学のこれまでの発展に対して一つの発言を行おうとしたのだ。

複数のテクスト

そのことは、まず題名の付け方に表れている。『貧しき人々』の原題は『ベードヌイな人々』というが、ロシア語のベードヌイは英語のプアにあたる。つまり〈貧しい〉と〈哀れな〉という二つの概念を含んでいる。当時の読者はここから何を思い出しただろう。

ロシアのプレ-ロマンチズム、つまりセンチメンタリズムの作家にカラムジーン（一七六六〜一八二六）という人がいる。第I章にもふれたように、ドストエフスキイは暇さえあればカラムジーンの歴史物語『ロシア国史』に読みふけっていた。いっぽう同じ作家の小説の分野の代表作には『哀れなリーザ』（一七九二）という短編がある。

ペテルブルグの郊外に農民の一家が住んでいた。父親が亡くなり、リーザは生計を立てるため、街に鈴蘭を売りに出る。青年将校のエラストはリーザの可憐な姿に惹かれ、二人は恋に落ちる。だがエラストは戦争に行かなくてはならない。悲しい別れの情景——

「なつかしい、可愛いエラスト！　あなたを自分の身よりも愛している、あわれな、あなたのリーザのことを憶えていて、憶えていてね。」

ところがエラストは敵と戦うかわりにカルタ遊びをして自分の領地を失うばかりか、借金まで背負ってしまう。「彼には自分の苦境を挽回する方法は一つきりなかった――とうから彼に恋していた相当年配の富裕な未亡人と、結婚するというのである。」リーザは絶望して池に身投げする。

おそらくルソーの『新エロイーズ』の身分の違う男女の恋愛を逆転して歌われたこの物語は、発表された当時は一世を風靡《ふうび》し、リーザの面影を求めて、舞台となった池のまわりを散策する若者の姿があとを絶たなかったという。

ドストエフスキイは、『貧しき人々』の中に、五〇年あまり以前のこの作品を二か所引用している。まずワルワーラの最後の手紙、九月三〇日付の追伸で「あわれな、あなたのワルワーラのことを憶えていて、憶えていてね！」と。ところが、ここでは去って行くのはワルワーラのほうだ。

そして、この手紙に答えるマカールの最後の手紙――

「ああ、だってあいつはなんだってモスクワで商人の未亡人と結婚しなかったんでしょう。あそこでそんな女と結婚すればよかったのです！　あいつに商人の未亡人のほうがいいんです、あいつにはそんな女がずっと似合いなんです。わたしはその理由だって知ってるんですよ！」

その〈理由〉とは、『哀れなリーザ』を下敷きにしている、ということだろう。

『貧しき人々』で行われている〈引用〉はこれにとどまらない。マカールはこの物語のなかでいくつかの文学作品を読み進むように設定されている。彼の文学的な遍歴はまず最初に、同じアパートに住む三文文士ラタジャーエフの作品に始まる（六月二六日付の書簡に引かれている『イタリア人の情熱』『エルマークとジュレイカ』など）。ソ連の三〇巻全集の注でも特定されてはいないながら、題材から見て、これらがロシア一九世紀の二〇年代から三〇年代に流行したロマンチズムの物語の、あるいはウォルター＝スコットの歴史もののパロディであることは容易に推測される。

そんなマカールの文学趣味の低級さにいらだつワルワーラが薦めるのは、プーシキンの短編集『ベールキン物語』（一八三〇）の中の一つ『駅長』と、ゴーゴリの『外套』（一八四二）である。これらは、ロマンチズムに続く、いわゆるリアリズムと呼ばれる文学的潮流の代表的作品としてこの作品に呼び込まれており、七月一日と七月八日のマカールの手紙には、彼が受け取ったこの二つの作品の印象が書き留められている。

このように、『貧しき人々』はきわめて文学的な作品、〈文学についての文学〉といった性格をもっている。言い換えれば、これは〈他者の言葉〉との関係から作られたテクストであり、ここで複数のテクストが出会い、対話している。これはドストエフスキイの作品の基本的な性格の一つだ。

重層化された構造――プロットについて

〈失うもの〉の〈呼びかけ〉　『貧しき人々』は文学史を内部に含んだ小説だと言ったが、いまふれた三つの作品『哀れなリーザ』、『駅長』、『外套』は、偶然に寄せ集められてきているのではない。これらは『貧しき人々』のなかに、有機的な構造として組み入れられている。

小説のメイン＝プロットは、いうまでもなくワルワーラとマカールの出会いと別れである。ここには〈失うもの〉からの〈失われるもの〉への〈呼びかけ〉がある。

こうしたプロットは、七月一日付のワルワーラの手紙で物語られる回想をも、かたちづくっている。ワルワーラは少女時代を美しい田園で過ごした（「おお、わたしの黄金の日々よ！」）。だが、訴訟事件に巻き込まれ、一家はペテルブルグへと出て来る。そこに待っていたのは陰鬱な、大都会の裏側の生活。父親は絶望のうちに亡くなり、母娘は貧窮の底へと突き落とされる。遠い親戚と名乗るアンナ＝フョードロヴナの持ち家に引き取られることになるが、ワルワーラはそこで一人の青年、ポクローフスキイに出会う。家庭教師として習ううち、ワルワーラは彼に思いを寄せるようになる。これは読書好きの、不幸な出生の、働き口を求めて奔走を続ける若者だった。ワルワーラは彼によって本の世界へと導かれる。ポクローフスキイの誕生日に、彼の哀れな父親とワルワーラは

	失うもの	呼びかけ	失われるもの
『哀れなリーザ』	リーザ	→	エラスト
『駅　長』	駅　長	→	ドゥーニャ
『外　套』	アカーキイ	→	外　套
『貧しき人々』	ポクローフスキイ老人	→	ポクローフスキイ青年
	ワルワーラ	→	ポクローフスキイ青年
	マカール	→	ワルワーラ

失うものと失われるもの

相談し、金を出しあって、プーシキン全集を買い揃えた。しかし青年はほどなく、無理がたたって病床に就き、どんよりと曇った一一月のある日、息をひきとった。息子の棺を追って駆け出す父のポケットからは一冊、また一冊と、本が泥濘の中へこぼれおちる……。

ここにも〈失われるもの〉がいる。そして、〈失うもの〉からの〈呼びかけ〉は届かない。

プーシキンの『駅長』では、馬車の駅を守る駅長の娘ドゥーニャが、偶然通り掛かった若い将校と駆け落ちする。あとに残された孤独な駅長の物語が、これもまた、カラムジーンの『哀れなリーザ』のパロディとして描かれる。いっぽう、ゴーゴリの『外套』では、下級の役人アカーキイが爪に火をともすようにして貯めた金で手に入れた外套を、その記念すべき第一日に、追い剝ぎに奪われてしまう。いずれも、愛するものを失う物語、呼びかけの物語にほかならなかった。

『貧しき人々』はよく考え抜かれた、整合した構造をもった小説であることがわかる。ここでは複数のテクストが互いに照らし合い、響き合う。そしてその統合の原理は〈モチーフの平行性〉とでも言うべきものである。

ふつう、ドストエフスキイ的世界というとき、私たちは個々の思想的モチーフに目を奪われやすい。しかしじつはこの処女作に見られるような、〈テクストの重層性〉への志向をこそ注目すべきだろう。これがドストエフスキイの一貫した言語構造または思考構造だ。後期の、イデオロギッシュと感じられるテクストについていえば、この特徴は直線的でない思考形式、〈構造を持つ思想像〉としてあらわれる。

たとえば同じ時期のルポルタージュ文学、あるいはやはり貧しい農民の生活を描いて評判になったグリゴローヴィチの『不幸なアントン』（一八四七）にはこうした〈構造〉は見られない。

〈物と化する眼差し〉への反抗――テーマについて

重層的ということはエピグラフについても言える。

「物書き連中ときたら！……　地面に埋まった秘密を裏の裏まで掘り起こしてしまうのだ！……　いっそのこと、すっかり書くのを禁止してしまうがいい。」

「絶望的に規定されてしまった」

これはどういうことだろう。

マカールは先ほどの七月八日の手紙で、『外套』への強烈な反発を示している。それはゴーゴリのこの作品が、反論の余地なく、下級の役人の生活を決定しているからだ。プロットには覚えがある。愛するものに出会い、そこで初めて生活は生きたものになる。あるいは愛するものを失うこともあろう。それが生活だ。ただ、ゴーゴリの語りの方法、視点、フォルムに、侮辱を覚えるのだ。

「いったいどうしてこんなものを書くのでしょう。なんのために必要だというのでしょう。読者の誰かが私に外套を作ってくれるとでもいうのでしょうか。靴の新しいのでも。いいや、ワルワーラさん、読者は読み終えればまたこの続きを要求するくらいが関の山です。私達はときどき身を隠します。どこでもいいから身を隠して、ともかく鼻を突き出すのもこわいのです。なぜなら噂話が囁《ささや》かれて、なんでもかたっぱしから風刺の種にされてしまいます。私達の市民生活や家庭生活のあ

ワルワーラ(上)と
ジェーヴシキン

りとあらゆることが文学の中を歩き回り、すべてが印刷され、読まれ、笑いものにされ、判決が下されてしまっているのです！　もう街なかにでることもできやしない。もうすべてが完膚《かんぷ》なきまでに証明されつくしているので、私達小役人はいまや歩き方ひとつで、それと知られてしまうのですから。」

このマカールの反発の意味を、別のかたちで言い表すとどうなるだろう。ソ連の文芸学者ミハイル＝バフチンはこのことを次のように言う。

「ジェーヴシキンは『外套』の主人公の、いわばすっかり算定され、計算され、徹底的に断定された像のなかに自分を見た。つまり、これがおまえのすべてなのだ、それ以外のなにものでもない、これ以上おまえについて、言うことは何もないというわけなのだ。彼は絶望的に決定されてしまった。死ぬまえから、死んでしまっている自分を感じた、が同時にそんなやり方が間違っていることも感じた。この主人公の文学的完結に対する一種独特の〈反逆〉がドストエフスキイによって、ジェーヴシキンの意識と言葉の終始一貫素朴な形のうちに示されている。

この反逆の本当の深い意味は次のように現わすことができるだろう。生きた人間は断定的な不在の認識の物言わぬ対象にしてしまうわけにはいかない。人間のなかには常になにものかがある。それは彼が自分ひとりで自己意識と言葉の自由な行為においてのみ明らかにしうるもので、決して物と化する不在の断定に呑みこまれてしまうものではない。『貧しい人々』でドストエフスキイはまだ不充分に漠然とではあったが、人間の内には完結されえないなにかがあることを初めて示そうと試みた。」（M・バフチン『ドストエフスキイ論』　新谷敬三郎訳　第二章　冬樹社）

〈我と汝〉

バフチンによれば、ドストエフスキイは主人公に対して、新しい創作の姿勢で向かった――

「それは徹底的にやり遂げようと真剣に取り組んだ対話的姿勢であり、それは主人公の独立性、内的自由、不完結性、未解決性を雄弁に物語っている。作者にとって主人公は〈彼〉でも〈我〉でもなく、自立的な〈汝〉、つまり作者とは無縁の他者の独立した〈我〉である。主人公はまことに真剣な現在の対話的呼びかけの主体であって、修辞上ある役を与えられたとか、文学上の約束事の主体ではない。」

〈汝〉という問題は二〇世紀初頭のヨーロッパ思想の大きなモチーフである。

バフチンとほぼ同時代に、たぶんお互いに知ることなく思索を進めたオーストリア生まれのユダヤ系宗教学者マルチン ブーバーの用語で言うなら、根源語〈我－それ〉に対して、〈我－汝〉という もう一つの根源的な人間の関係がここに見出されたのだ。

このことはまた、〈他者の獲得における生〉と〈他者の喪失による精神の死〉との、この小説全体のテーマに関わる。アカーキイにとって、もし他者と呼べるものがいるとしてもそれは外套という〈物〉でしかなかった。人間の精神はそこまでおとしめられている。呼びかけの対象を人間に戻すこと。対話のなかで精神が生き始めること。

ところで、そのことが『貧しき人々』では文体そのものの中に表現されている。これがこの小説の文学上の価値であり、秘められた最大のねらいだ。

文学の問題として——スタイルについて

まだ使われていない可能性

マカールの役所での仕事が「書類を書き移すこと」であることにはどんな意味があるのだろう。

これもまた、ゴーゴリの『外套』から持ち越されたモチーフである。『外套』のアカーキイは「模写」という仕事が気に入っており、ある時一人の上役が気の毒に思って文書の作成を依頼したところ、それが一人称から三人称へと動詞の形を変えるだけだったにもかかわらず、大骨折りの末に音を上げてしまった。

同じゴーゴリでは『狂人日記』（一八三五）でも「ちゃんとした文章が書けるのは貴族くらい」との一節が見える。

ドストエフスキイはここに着目した。このモチーフには、まだ使われていない文学上の可能性が秘められている。

マカールもまた、自分に文体のないことを告げる。

「いったい、清書が罪悪である、とでもいうのでしょうか。『あいつは清書をやってるんだぜ！』とか『この小役人、清書なんかやってる！』とか言う。どんな恥ずかしいことがあるのでしょう。

わたしの筆跡は読み易くて、きれいで、見た目にも気持ちがいいんです。そして閣下も満足しておられる。私は閣下のために一番重要な書類を清書しているのです。たしかに文章は書けません。文章なんてものが書けないことは自分でもよくわかっています。だから職場でもそちらには手を出しませんでした。今だって、あなたにこうして書いていても、気取ったりしないで、考えが心に浮かぶままに書いているのです。……」

こんなマカールはワルワーラとの関わりのなかで大きく変化してゆく。ドストエフスキイはそのことを作中、マカールの自己意識というかたちで強調する。

貧民街の描写を続ける九月五日付の手紙では――

「あなた、うちあけて申しますが、こんなことを書き始めたのは、一つには気晴らしのためでもありますが、じつはそれ以上に、わたしの文章表現の見事さの一例をしめしたかったのです。というのも、きっとあなたもお気付きのことでしょうが、この頃になってわたしの文体がとみに形をなしてきたからなのですよ。」

マカールの文体には、当時の役所で使われていた独特の官庁用語がちりばめられていると言われる。この小説は、いっぽうでマカールのスタイルの転換のプロセスとして描かれる。それはまた、マカールが、真に生き始める過程でもある。

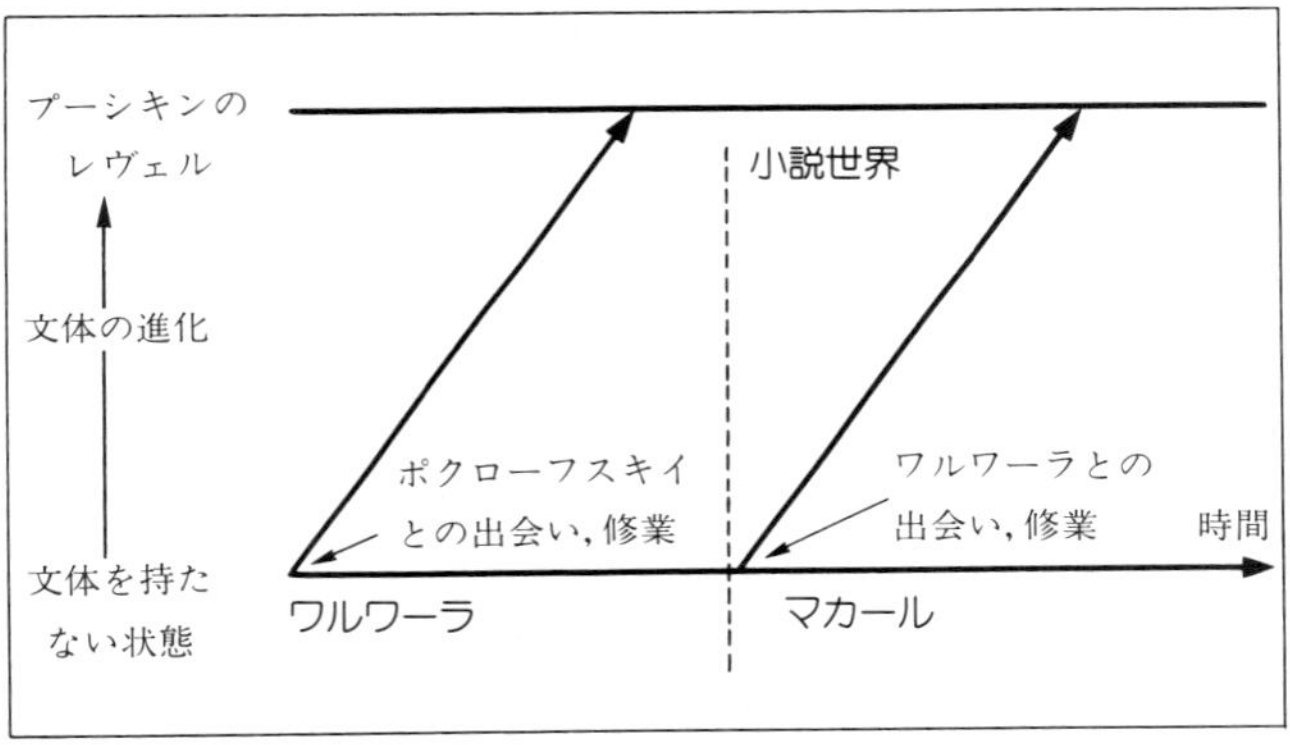

書簡のスタイルの書き分け

それではワルワーラの文体はどうか。彼女の文章は小説の全体をとおして変わることがない。というのも、ワルワーラの精神と文体の形成は小説の始まる以前、おそらくはポクローフスキイ青年との出会いの中で終わっている。ポクローフスキイにとっての一つの理想がプーシキンの文体であったことが暗示されるが、ワルワーラの回想を語る文体もまた、美しい、簡潔な文章として、マカールの手紙と際立った対照を見せている。ワルワーラのスタイルはマカールとの関わりでは、変わらない。緻密に書き分けられた両者の文体から浮かび上がってくるのは、両者のすれちがいのありさま、どうしようもない違いだ。両者のスタイルの書き分けをあえて図に示すなら上のようになるだろうか。

すれちがう文体

最後の、日付のない手紙でマカールは、この手紙でおしまいになるなんて、と叫ぶ。

「そんなはずはありません。私は書きますから、あなたも書いてください……　私の文体もいまでは形を成してきたのですから……　ああ、なんということでしょう、文体がなんだというのです！　もう何を書いているか自分でもわかりません。どうしても、何ひとつ知らないのです。読み返しもしないし、文体を直すこともしません。ただ書くことさえできれば、あなたにもっと書くことさえできるなら……　可愛いひと、私のいとしいあなた！」

新人作家がデビューするにあたって、当代の人気作家を標的とすることは珍しい現象ではあるまい。そしてドストエフスキイの計算は当たった。ベリンスキイ派の人々は彼を「新しいゴーゴリの出現だ」としてもてはやしたのだった。しかしこの新人作家がゴーゴリに向かって仕掛けた文学上の論争はすぐに読み取られたとは言えない。特に反対陣営からは単なるゴーゴリの模倣者として攻撃されることにもなった。このラインで書き続けるたびにエピゴーネンとの悪評はつのり、ドストエフスキイは気をくさらせてゆく。

＊『哀れなリーザ』と『貧しき人々』の関係については江川卓『ドストエフスキー』（岩波新書）を参照。
＊ドストエフスキイにおけるブーバー的〈二人称世界〉については早い時期の評論に唐木順三「ドストイェフスキイ——三人称世界から二人称世界へ」がある（「文芸読本ドストエーフスキイII」所収）。

Ⅲ　〈ユートピア〉の探求

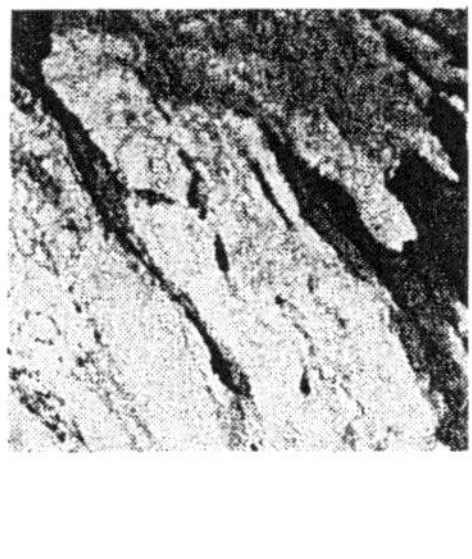

〈貧しい役人の物語〉の射程

社会の波のなかで

ドストエフスキイが『貧しき人々』によってデビューした一八四六年から『罪と罰』を書く一八六六年までの二〇年間は、フランスの二月革命、ロシアの農奴制廃止、アメリカの奴隷解放と、欧米の歴史の変動期にあたっている。こうした社会の変化は、ドストエフスキイの生活に、直接的にも間接的にも大きな影響を与えずにはいなかった。

『貧しき人々』をグリゴローヴィチの前で朗読し、ネクラーソフに伝えられ、そして当時最も大きな影響力を持っていた文芸評論家ヴィッサリオン＝ベリンスキイに高い評価を得るまで――のちにドストエフスキイはこの過程を、『作家の日記』一八七七年一月第二章に詳しく、いささかのフィクションを交えて回想している。彼は一夜にして時代の寵児となっていた。ロシア近代文学史上に名高いこのエピソードも、当時の文学の流れを慎重に読んだドストエフスキイにしてみれば計算通り、ということになろうと前章で述べた。だがその後のこの新人作家の歩みは平坦なものではなかった。

熱し易く、平衡を欠くドストエフスキイはツルゲーネフやネクラーソフなどの文壇の社交家の笑いものになり、肝心の作品の評判も一作ごとに下落していった。これ以後一八四九年に逮捕されシ

文学論をたたかわせる　左から３人目ベリンスキイ，４人目ネクラーソフ，６人目ドストエフスキイ。

ベリアに流されるまでに、ドストエフスキイは全部で一〇編あまりの作品を書くが、『貧しき人々』ほどの成功を収めたものは一つもない。

一八四六年春、ドストエフスキイは偶然にペトラシェフスキイに出会う。一八四七年初め、ベリンスキイと決定的な仲違いをした頃、ドストエフスキイは毎週金曜日にペトラシェフスキイのもとで開かれていた文学的、政治的会合に出るようになる。一八四八年五月にはベリンスキイが死去。一八四八年秋、ペトラシェフスキイの会でも最も急進的なメンバーと、武装蜂起を視野に入れた結社ドゥーロフ‐サークルを作る。

一八四九年四月二三日、捜索と逮捕。ペトロパヴロフスク要塞に収監。尋問開始。一一月裁判終了。銃殺刑の判決がでる。一二月二二日、セミョーノフ練兵場で死刑執行直前に特赦。一二月二四日、足枷をはめられてシベリアに向かう。トボリスクでデカブリストの妻たちから囚人ひとりひとりに『聖書』が手渡される。一八五〇年一月、オムスクに到着、以後四年間の徒刑生活が始まる。

ペテルブルグでの四年間にわたる作家生活、四年間の懲役、これに続く五年間の軍隊生活はドストエフスキイにとって、さまざまな意味で試練の時だった。なかでもこの時期、彼は、時代の思潮によって提出されていたいくつもの〈ユートピア‐イメージ〉のなかを通過して行ったように見える。一八五九年末に彼はようやくペテルブルグ帰還を果たし、再び作家としての生活に復帰する。

透ける〈構造〉と笑い

デビューから逮捕までの時期、ドストエフスキイの作品のほとんどはペテルブルグの下級役人を描いたものだった。そしてそれはまた時代の文学趣味の要求するところでもあった。一九二〇年代のソ連の文学研究者アレクサンドル＝ツェイトリンの報告によれば、ゴーゴリの『外套』の発表された一八四二年以後、一八五〇年まで、〈貧しい役人〉をテーマとしたロシアの作品は一五〇編にのぼるという。その頂点が一八四五～四六年だった。ドストエフスキイはこのテーマがすでに紋切り型になりつつある時に登場したのだった。テーマは何回となく繰り返され、たちまち消費されていった。

一八四〇年には新しかったものが、一〇年の後にはすっかり飽きられてしまう。〈貧しい役人もの〉の歴史的射程は短いものだった。ドストエフスキイはペテルブルグ帰還後の一八六一年、「時代」誌の創刊号に「ペテルブルグの夢――詩と散文」を書いてこの頃を回想するが、一八六五年に構想された『罪と罰』では、〈貧しい役人〉（マルメラードフ）はもはやかろうじて副主人公の位置を与えられるにとどまっている。こうした文学趣味の変遷を作家は正確に感じ取ってゆく。

ツェイトリンの観察するところ、四〇年代のドストエフスキイはこの領域において、革命者でも変革者でもなかった。むしろ正当な継承者であり模倣者だった。

彼のこの時期の作品のさまざまなヴァリエーションのなかに透けて見えるのはある一定の〈構造〉である。役人は娘を愛する。娘も多くの場合、彼を愛する。しかし彼らの愛を〈重要人物〉が妨害する。彼らの幸福は成就しない。役人は死ぬかあるいは発狂する（『分身』『弱い心』『プロハルチン氏』）。これはすでに自然派の役人小説において獲得されていた筋の共通項にほかならない。この文学上の約束のなかでドストエフスキイが行ったのは、笑い話の要素を発展させることだった。だがすでに当時から、批評家たちはここに自分たち自身のイデアをとらえようとしてきた。ヒューマニズムの面の評価のみを押し付けようとしてきた。ユーモアの面が再び評価されるのはようやくアントン＝チェホフによってであり、彼の三〇におよぶ貧しい役人についての笑い話のなかに、ドストエフスキイのモチーフの繰り返しを認めることができるのも不思議ではない。これがデビュー当時のドストエフスキイ作品に対するツェイトリンの冷静な、説得力ある観察だ。

ロシア－ユートピア像の系譜のなかで

確かに、この時期の作品に思想の表現を求めるのは誤りであるかもしれない。むしろ、政治論議をたたかわす実生活と想像行為とが、奇妙にかけはなれていた一時期と見るのが正確なところかもしれない。

とはいえ、ここで、この時期のドストエフスキイの作品に共通して現れるいくつかの興味深いモチーフにだけは注目しておこう。

三者の共同体の構造

まず第一に、若い二人の恋人の愛のなかに、もう一人の若者を呼び込もうとする志向である。たとえば『白夜』（一八四八）を見てみよう。色あせた散文的な日常を離れて片隅で生きる主人公の〈空想家〉は、ある時、運河のほとりで泣いている娘に出会う。きっかり一年後に迎えに来ると約束した恋人を待っているのだ。〈空想家〉は彼女と三晩を運河のほとりで過ごし、二人の心は寄り添う。娘は言う。わたしが結婚したら、兄と妹以上に仲良く暮らしましょう。しかし恋人が現れたとき、娘は〈空想家〉に接吻して去る。

同じモチーフは弱い夢想家の破滅を描く『弱い心』（一八四八）にも見られる。ここでも二人の男とともに生きようとする娘は〈三人で、まるで一人のように暮らす〉ことを提案する。この世界のあらゆる敵同士が和解することが夢見られる。それは〈この世で一番楽しい、新鮮な、喜びに満ちた空想〉だ（このモチーフはおそらく後期の『白痴』にも見られる）。

こうしたイメージの背景にあるものはなんだろう。すぐに思い出されるのは〈社会主義こそ最高の理想だ〉と語る、一八四一年九月八日付のベリンスキイの有名な手紙だろうか。

「夫も妻もなくなり、あるのは愛する男と愛する女だけになる。女が男のもとにやってきて、〈わたしはほかの人を愛しています〉と言ったなら、男はこう答える。〈おまえなしでは幸せにはなれない。ぼくは一生苦しむだろう。だが愛する人のところへお行き。〉女が寛大な心から彼のもとにとどまろうとしても彼はそんな犠牲を受け入れない。そして神のごとくに言うのだ。〈ご恩はありがたいが犠牲は要らない……〉」「富者も貧者もなく、皇帝も臣下もなく、ただ兄弟たち、人間たちがあるばかり。そして使徒パーヴェルの言葉どおりに、キリストは権力を父に返し、父なるロゴスが再び支配するだろう。だがそれはもはや新しい天において、新しい地の上にだ。」

ベリンスキイにとって〈イデア〉だったものがドストエフスキイにあっては微妙なアイロニイを帯びて響く。

あるいはここに、作家自身の共同生活が投影されていると見ることもできる。彼はデビュー前後にグリゴローヴィチと同宿していたし、一八四六年一一月頃からはベケートフ兄弟やザリコベッキイらと共に暮らした。この時はフランスの社会主義者フーリエの唱える共同組合（ファランステー

フーリエのファランステール　ペトラシェフスキイ会員の持っていた1830年代の絵。

ル）を模して、ひと月三五ルーブルの金を出し合い、文学や社会を論じた。

ヨーロッパの同時代の文学の強い影響のもと、そしてロシア社会に強まった弾圧による閉塞感のなかで〈ユートピアの探求〉に向かったのは、ドストエフスキイばかりではなかった。若者たちのいくつものサークルが作られ、社会問題が熱烈に論じられ、そして実験されたのだった。

アンツィーフェロフ『ペテルブルグの心』　三者の共同体とともに、この時期のドストエフスキイの作品には、もう一つの興味深いイメージが現れる。さきほどの『弱い心』の幕切れの箇所だ。

気の狂った友人と別れて主人公の一人は橋の上にさしかかる。「凍った蒸気が死に向かって追い立てられてゆく馬からも走ってゆく人々からもさかんに立っている。凝固した大気はほんのちょっとした物音にも震えた。そして、両岸に立ち並ぶ家の屋根から煙の柱が冷たい空を、たがいにもつれあい、また離れながら、巨人のように上へ上へと立ち昇っていった。ちょうどそれは古い建物群の上に新しい建物が立ち上がったようで、新しい都市が空中に出現したようだった。」

コマローヴィチはこの光景をユートピアのシンボルと解釈している。しかし、ロシア-ユートピア-イメージの歴史のなかに置き直してみるなら、むしろ〈ペテルブルグ〉は〈消えてゆく〉ことに重要性があると読める。ペテルブルグはロシア文学のなかのユートピア像のコンテクストのなかで、常に論争の的になってきたものだった。

「我が国の作家の心に映じたペテルブルグの像に偶然の要素はない。どうやらここには個々の作家の個性をそのまま映し出す勝手気ままな創作というものは存在しないらしい。このような印象をとおして感じられるのは一定の道筋、いわば法則性とでもいうべきものである。疑いもなく、この都市の心は自立的な運命を持っており、作家はみんなそれぞれの生きた時代のなかで、この都市の心の発展史の特定の一時点を表現してきたのである。」

『ペテルブルグの心』（一九二二）という著書のなかでN・アンツィーフェロフはこのように書く。アンツィーフェロフによれば、ペテルブルグという都市がロシア文学の場にはじめて登場してくるのは、おそらくスマローコフのピョートル大帝への頌詩においてであった。そしてこれ以後、ロモノーソフ、ジェルジャーヴィン、ヴァーゼムスキイ、バーチュシコフなど一八世紀の古典派詩人たちのピョートル大帝讃歌、エカテリーナ二世への頌詩においてペテルブルグは〈実在する〉理想境を描く文学の題材として定着してゆくことになる。

しかしこれらの詩人たちの讃歌の系譜とほぼ同時に、この人工の大都市に対する疑いもまた、早く芽生えていた。シチェルバートフによるペテルブルグ＝ピョートル批判（『オフィル国紀行』一七八三～八四）である。

消えゆくペテルブルグと田園への眼差し　「プーシキンはペテルブルグの明るい側面の最後の歌い手であった。北の都の姿は時代の推移とともに陰欝なものになってゆく」とのアンツィーフェロフの指摘は正しい。

「その夜は凄まじく荒れ狂った。風は吠え、湿った雪が霏霏《ひひ》としてふりしきり、街灯は煙って薄暗かった。路上には人影もない。時折、痩せたやくざ馬に引かれた辻馬車が、帰り遅れた客を求めてゆっくりと通り過ぎて行く。ゲルマンはフロック・コートを羽織っただけだったが、雨も雪も覚えなかった。」（『スペードの女王』）

ゲルマンによる老婆殺害の不吉な夜のイメージは、この後ゴーゴリ、そしてドストエフスキイへと受け継がれてゆくものである。〈消えゆくペテルブルグ〉のイメージを決定づけたのは、疑いもなくプーシキンの詩『青銅の騎士』（一八三三）だったろう。一八二四年の洪水に題材を取り、貧しい役人とその恋人を、洪水（〈神の怒り〉）が、そして〈青銅の騎士〉（ピョートル大帝）が押し流し、破滅させる、という物語だ。わたしたちはここで、文学上の背景として、〈楽園追放〉を、あるいは〈ノアの洪水〉を、そして〈黙示録ヴィジョン〉を思い出すことができるだろう。「ペテルブルグ」の読解はこの詩を境として、これ以前の〈ユートピア－コード〉から〈終末のコード〉によるものへと一八〇度の転換を見せた（『罪と罰』終わり近く、スヴィドリガーイロフのつぶやく「洪水」はこの引用である）。これ以後、一九世紀末のシンボリストたちの作品にいたるまでずっと、ペテルブルグは〈終末の光景〉としてロシア文学のなかに登場することになる。

ゴーゴリにとってペテルブルグの事物は「すべては嘘、すべてが夢、あらゆるものが、見えているとおりではない」と映る（『ネフスキイ大通り』一八三五）。そしてすでにゴーゴリには、『青銅の騎士』のエヴゲーニイに見られた〈反抗〉のモチーフを認めることはできない。小さな人間は〈都市〉に押し潰されてゆく――これがアンツィーフェロフによる観察である。

ふりかえってみれば、デビュー作『貧しき人々』において既に、ペテルブルグはドストエフスキイによって、光の失われた、陰鬱な終末的光景として描かれていた。ワルワーラの手記のなかだ。

「ペテルブルグに乗り入れたのは秋のことでした。村を出る時はよく晴れた、暖かい、光に満ちた日でした。野良仕事は終わりに近く、脱穀場にはもう麦の大きな山がそびえて鳴き交わす鳥たちが群れをなしていました。すべてがあんなにも明るく、陽気でした。ところがこちらでは着いた日は雨降りで、じめついた秋のもやがたちこめ、ひどい天候で、みぞれまで降って。新しい、見知らぬ、無愛想で不満げな、怒りっぽい人々が群れていました。」

そして、こうしたペテルブルグに対して、〈田園の黄金の日々〉というイメージが浮上してくる。

「太陽はあたりにまばゆく輝き、その光はガラスのように薄い氷を溶かしてしまいます。明るく、輝かしく、陽気！ ペチカはまたぱちぱちと音をたて、みんなサモワールに集まり、うちの黒い犬のポルカンが夜寒に震えながら窓をのぞきこんでしっぽを振っている。元気な馬に乗って農夫が森へたきぎをとりに通る。みんなすっかり満足して、陽気なのです！ ああ、わたしの幼年時代はなんという黄金の日々だったのでしょう！……」

『貧しき人々』のヒロインはワルワーラ＝ドブロショーロワという名前だ。このロシア語の意味は〈善い村のバルバロイ（野蛮人）〉というふうに読める。ルソーのイメージを通過していることが見て取れるが、ここにもおそらくはアイロニイが潜む。

理神論と自然への没入

農村共同体への眼差しは、ロシア－ユートピア文学の系譜のなかには、かなり早い時期から見ることができるものである。

西欧の文化が堰を切ったように流入を開始したエカテリーナ二世の時代に、ヨーロッパ－ユートピア思想と文学の翻訳も始まった。一七四〇年代から一八世紀中に、フェヌロン『テレマークの冒険』、モア『ユートピア』をはじめバークレイやラムゼイ、ホルベルク、ハラーなどの作品が何となくロシア語で出版されている。これらと呼応しつつ、ロシア－ユートピア文学も隆盛期を迎えた。〈夢〉というユートピア文学の規範を使って書かれた最も早い時期の作品、スマローコフ『〈幸福な社会〉の夢』（一七五九）では、エカテリーナに対する強烈な批判精神のなか、謙虚で理性的な啓蒙君主像が描かれ、国家評議会、軍事委員会が設定される。裁判は法に基づいて迅速に進められ、聖職者は善行の実践者であり、教育によって科学や芸術、工芸にたいする尊敬の念は育まれる。ここには〈世界の理性化〉と〈法治国家への志向〉という一八世紀ユートピアの主要な思想基盤が表明されており、それは先のシチェルバートフの『オフィル国紀行』をも貫く立場である。この博愛の社会の基盤となるのはヴォルテールの理神論でありマソン思想である（マソンのユートピアはまたヘラースコフの三つの作品などにも見られる）。

『オフィル国紀行』ではまた分散型の社会が主張され、ピョートル大帝のペテルブルグ建設が批判されるが、それはこの時代のもう一つの中心的主張であるルソー流の〈反都市感情〉、〈文明への疑い〉の表現である。ロシア - ユートピア思想はルソーの強い影響下に成長するが、もっぱらセンチメンタルな牧歌趣味、自然への没入、原始生活の美化を受け取り、社会契約論や共有財産制度に関する主張は特権階級内部での平等論へと移し替えられる傾向が強かった。そのなかでリヴォーフの『ロシアのパメラ』（一七九四）では私有財産を持たず、貧富の差のない、悲しみも屈辱も知らない汚れなき人々の〈黄金時代〉が描かれる。リョーフシン『ベリョーフ市での最近の旅行』（一七八四）で、気球によって月に着いた主人公が目にするのは、国王の存在しない、長老が自然法に従って采配を揮う家父長制の社会で、隣人を愛せとの神の教えが実現している。ここでは農業と牧畜以外は無益なわざとされ、科学は否定され、人間は神の意志を理解できるはずがない、とされる。モンテスキュー『ペルシア人の手紙』の自然人の社会をも思わせる作品だ。

こうした自然状態への回帰志向はドストエフスキイでは『悪霊』のスタヴローギンの手記、『未成年』のヴェルシーロフの夢、そして『作家の日記』のなかの短編「おかしな男の夢」に〈ギリシアの多島海、黄金時代の夢〉として繰り返し現れてくる。

社会主義とロシアの農村　一八四八年のフランス二月革命前後の時期に、ロシアのユートピア－イメージは一つの転機を迎える。ヨーロッパの社会主義構想による検討の時期だ。

ここで思い出されるのはアレクサンドル＝ミリュコーフの回想だろう。彼はペトラシェフスキイの会でのドストエフスキイの発言について次のように語っている。当時、ペトラシェフスキイの会、またそのなかのドゥーロフを中心としたサークルでは、ヨーロッパのヒューマニスティックなユートピア思想に共感を寄せる社会主義者たちが多く、集会の大半が新しい社会建設のプランの検討に当てられた。オーウェンのニュー－ラナーク紡績工場の運動、カベーの『イカリア紀行』、なかでもフーリエのファランステール（ファランジュ）建設やプルードンの累進課税理論などが熱心に論じられた。ミリュコーフによればドストエフスキイもその一人だったが、これらの社会主義者には批判的だった。

「その理論の基礎に高貴な目的のあることは認めながらも、ドストエフスキイは彼らをたんなる正直な空想家としてしか見ていなかった。彼がとくに主張したところでは、どの理論もわれわれにとっては意味がない、われわれはロシア社会の発展のための源泉を西欧の社会主義者の教義にではなく、わが民衆の生活と、長い歴史を持つ社会形態のなかに求めるべきである。ロシアではもうずっと昔から、オープシチナ（土地共有体）、アルテリ（協同組合）、連帯保証制度などのなかに、サン゠シモンやその党派の空想などよりもはるかに堅固な、ノーマルな基礎が存在してきた。ドストエフスキイは、イカリアのコミューンやファランステールは、どんな懲役よりも恐ろしく、嫌悪すべきものだ、と語った。もちろん、わが頑固なる社会主義の伝導者たちは彼に賛成するはずもなかったが。」

ミリュコーフの回想は一八八一年、作家の死んだ年に書かれており、ここにドストエフスキイの後期の諸作品の立場が逆投影されてしまっている可能性も否定できまい。しかし一面で、ペトラシェフスキイの会で武装蜂起を語るドストエフスキイのヴィジョンの背景に、ロシア型共同体への共感を想定することがまったく誤りであるとは言えないようだ。この会を主宰するペトラシェフスキイもまた、フーリエによる産業純益の分配比率（資本四、労働五、才能三）を紹介する（『ロシア語にはいった外国語ポケット辞典』一八四五年刊行）と同時に、逮捕後の予審でロシアにおける土地の共同体的所有の意義を主張していた。同じメンバーのハヌイコフはフーリエを記念する午餐会での演説で「わが祖国、それは共同体制度であり、故郷の村であり、産業と市民生活の揺籃《ようらん》の地であり……」と語っているという。

一八四八年のフランス革命の敗北を目のあたりにしたゲルツェンは一八四〇年代と五〇年代との境に「ロシア社会主義」を唱える。ゲルツェンもまたファランステールを〈兵舎〉と感じる感性をもっていた。さらに五〇年代以降、チェルヌィシェーフスキイがヨーロッパの協同組合型共同体とロシアの伝統的な農村共同体との結合を目指す。〈古代的な〉共同体の意義をめぐる論争はマルクス宛のヴェラ゠ザスーリチの書簡（一八八一）においてもテーマとなり、現代のロシア〈農村派文学〉の展開にまで影をおとしているように見える。こうした動きの先駆的な役割を、ペトラシェフスキイ会は担っていたと位置付けることができるだろう。

一八六一年に雑誌「時代」が発刊される。この雑誌の思想的な立場を表すのは〈土地主義〉という言葉だ。この雑誌に連載された「ロシア文学について」という評論でドストエフスキイは、西欧とまったく別の理念である〈ロシア固有の民族的根源〉に立ち返ることを主張する。ピョートル大帝による西欧化が一巡し、いただくものはみんないただいてしまったいま、ロシア人は〈すべての人々の融和と全人類の結合〉を理念として〈祖国の大地に顔を向ける〉べきだ、という（第Ⅸ章を参照）。

ユートピアへの疑惑

ドストエフスキイはカベーやフーリエのユートピアを批判して、懲役よりも恐ろしいと語った。ユートピアは管理機構として現象する場合、価値の一元的な支配を志向する。単一的な〈システム〉への批判は、ドストエフスキイの裁判での陳述にも見ることができる。こうしたユートピア批判は、『地下室の手記』の〈クリスタル・パレス〉批判から『悪霊』でのシガリョーフの〈一割の独裁〉、『カラマーゾフの兄弟』でイワンが語る「大審問官伝説」へと発展する。そして二〇世紀にはいってスターリニズム、ファシズムを予言したものとして注目されてゆくことはよく知られるところだろう。文学の領域ではザミャーチン『われら』、ハックスリ『素晴らしい新世界』、オーウェル『一九八四』へと続くアンチ‐ユートピアの系譜だ。ところでユートピアの可能性への疑いは、人間としてのドストエフスキイの生活のただなかから発した問題でもあったようだ。

ドストエフスキイは一八五七年、シベリアでマリア＝イサーエワと結婚する。しかし空想家同士の生活は悲惨なものだった。一八六四年四月一六日、マリアは結核で死ぬ。ドストエフスキイは彼女の遺骸の前で冥想に沈む。自分はこの女を愛しただろうか。愛しえなかったとすればそれはなぜか――この時書いたメモが残されているが、そこでは〈キリスト者の楽園〉の可能性が模索されている。人間はこの地上で自分自身と同じように他者を愛することはできない。自我が妨げとなるのだ。しかしキリストの出現以後、究極の目的は示された。自己の〈我〉を最大限に発達させてのちに、これを放棄し、万人に捧げること。この楽園についてはわれわれはただ一つのことを知っている。つまり「ルカによる福音書」第二〇章三五節（また「マタイオスによる福音書」第二二章三〇節、「マルコによる福音書」第一二章二五節）の言葉、楽園では「めとることも嫁ぐこともなく、天使のように生きる」ということを。ここでは〈地上の楽園〉は断念され、一度死者となった者の復活のみが可能だと考えられているようだ。「黙示録」に語られた〈新人たちの共同体〉が。

＊文壇のなかでのドストエフスキイを巡る複雑な事情を、ベリンスキイとの関係を中心に描いた優れた評

伝がある。和田拓司「ヴィッサリオンの偶像」。またそんなありさまをネクラーソフが小説にしている。ネクラーソフ「魯国文豪ドスト氏立志の顚末」(和田拓司訳、いずれも「ドストエーフスキイ研究」第二号)。

*ツェイトリン『ドストエフスキイの貧しい役人もの』(一九二三、露文)。初期作品の分析は中村健之介『作家の誕生』(みすず書房)が優れている。

*この時期のドストエフスキイとベリンスキイとの思想的な関係、社会主義のイデアとドストエフスキイの作品の関係については次を参照。ヴェ＝コマローヴィチ『ドストエフスキイの青春』(中村健之介訳、みすず書房)。ドストエフスキイの三者関係〈構造〉を〈欲望の三角形〉として解くR・ジラールの『欲望の現象学』(法政大学出版局)、作田啓一『個人主義の運命』(岩波新書)も参照。

*ドストエフスキイとルソーの志向の共通性については次のものが示唆に富んでいる。作田啓一『ドストエフスキーの世界』(筑摩書房)の「時評について」。

*一九世紀後半のロシア社会主義についてはレーヴィン著『ロシア・ユートピア社会主義』(石川郁男訳、未来社)やチェルヌィシェーフスキイ著『農村共同体論』(石川郁男訳、未来社)などが日本語で読める。また石川郁男『ゲルツェンとチェルヌィシェーフスキイ』(未来社)参照。ペトラシェフスキイ事件については次の二点が詳しい。ベリチコフ編『ドストエフスキイ・裁判記録』(中村健之介訳、現代思潮社)、原卓也・小泉猛訳『ドストエフスキーとペトラシェフスキイ事件』(集英社)。

*ロシア文学のなかのユートピアについては次を参照。井桁「ロシア近代文学におけるユートピア・コードと終末のコード」(「ロシア語ロシア文学研究」第一九号)。ユートピア文学の伝統

は古代ギリシアのメニッペアに接続する（バフチン『ドストエフスキイ論』第四章を参照）。ロシア文学に表れたペテルブルグのイメージの変遷については井桁「ドストエフスキイとピョートル大帝」（「ヨーロッパ文学研究」第三四号）を参照。

ロシア文学の先進性は、チェホフに明らかに見られるように、ユートピア文学の制度を、またユートピア的思考形態を早く対象化し、無化した点に求めることができる（次章参照）。

Ⅳ

『地下室の手記』

――〈アンチ‐ヒーロー〉による〈反物語〉

ドストエフスキイ版『現代の英雄』

ぼた雪の連想から

〈私〉が二四歳の頃。すでにひとりぽっちで生きていた。誰ひとり俺に似た者はいない、俺も誰にも似ていない。俺はひとりだが、やつらはみんなだ。そう考えると、もの思いに落ちていく。全世界は英雄たる〈私〉の前にひざまずき、〈私〉はナポレオンのようにコモ湖畔で舞踏会を催し、かくして〈美と崇高〉の支配する秩序が訪れるという空想。〈私〉はしかし孤独に耐え切れずに、ひさしぶりに学校時代の友人シーモノフを訪れる。ちょうどそこでは三人が集まって、遠方、どうやらコーカサスに将校として赴任してゆく友人ズヴェルコーフの送別会の相談が進められていた。俗物として軽蔑していた旧友の出世。誘われもしないのに〈私〉は無理に割り込んで送別会に出る。〈私〉は自己意識に追い立てられるように奇妙な振舞いを続けるが、相手にされない。やがて〈私〉以外の四人は秘密に開業している娼家に向かい、〈私〉もまたシーモノフに借金してまで、湿った雪の中を追い掛けていく。

女に歩み寄るとき、鏡に映った醜悪な自分の姿を目にする。〈私〉は暗闇の中で二〇歳のリーザに娼婦としての生活の悲惨さを説き、夫婦の愛の美しさを語って聞かせる。〈私〉はリーザの心を動かしたことを感じる。だが、リーザが、生活を変えたいと〈私〉のもとに相談に訪れた時、

〈私〉はちょうど下男のアポロンとわずかな俸給をめぐって口論しているところだった。救いを求めたリーザは、〈私〉のほうこそ不幸であることを理解する。抱擁。しかし自己アイロニーの虜である〈私〉はリーザに金を与えようとする内面の動きを抑えきれない。リーザは金を置いて去る。〈私〉は階段を駆け降りるが、もはや誰の姿もない。湿った雪が街灯の光の中を降りしきっているばかり……。

〈1であることの美〉の逆転　これが未完に終わった小説『地下室の手記』第二部のあらすじだ。この小説では、ロシア近代（〈ペテルブルグ時代〉）の思想と文学を構成してきた価値のシステムが実に丹念に解体されている。〈俺はひとりでやつらはみんなだ〉との自己意識は、たとえばレールモントフの一八三三年の悲劇『スペイン人たち』のなかの、自由の名のもとに審問制度と闘う主人公フェルナンドの、次のような言葉を思い起こさせるだろう。

俺はここでひとりだ……　全世界が俺に対立する！
全世界が俺に対立する。俺はかくも偉大なのだ！……

レールモントフにおいて〈1であること〉は英雄の光を背負っていた。同じく彼が〈1であること〉を歌った詩に『帆』（一八三二）がある。

空色の海霧に包まれて
白き帆がただ独り!
遠い国に何を捜し求める?
祖国に何を見捨てたのか?

波はさかまき、風は鳴り
マストはたわみ、音を立て
おお、なんと! 幸福を求めるのではない
幸福から逃れるのでもない!

下には瑠璃《るり》よりも明るい流れ
頭上には金色の陽光……
反抗者は嵐を乞う
嵐のなかに静けさの在るかのように!

孤独なる〈ただ一人の英雄〉による〈軽蔑すべき世界秩序への反抗〉と〈調和の幻想〉――これは、バイロンやレールモントフに代表されるロマン主義の美学にとって本質的な要素(世界構造)

レールモントフ

である。俗物たちのなかで〈私〉が、プーシキンの『シルヴィオ』、レールモントフの『仮面舞踏会』の主人公となることを夢見るのも、遅れてきたロマン主義者たる〈私〉の性格を反映している。

　ナポレオン崇拝もまた、スタンダールをはじめとするヨーロッパ近代文学のなかに、そしてその強い影響下に展開するロシア文学のなかに、長い系譜を持っている。プーシキンの短編『スペードの女王』（一八三三）では、老婆の命を奪った若い将校ゲルマンが思い出される。巨万の資本を得ることのできるカードの秘密を聞き出すことに失敗した彼はリーザの前で良心の痛みも知らずに考え込んでいる。

「夜明けが訪れた。リザヴェータが燃え落ちた蠟燭を吹き消すと、白い光が部屋に流れ込んできた。彼女は涙に濡れた目からハンカチをはなしてゲルマンを見つめた。彼は窓辺に腰掛けたまま腕組みをして、眉を険しくひそめていた。その姿はナポレオンに生き写しだった。ゲルマンがナポレオンに似ているということはリザヴェータにとっては、恐ろしく、またなぜか心を痺れさせるものでもあった。」

　これが地下室人のあこがれるロマンティック・ヒーローの姿だ。だがじっさいの彼はリーザの訪れにあわて、下男アポロンにわずかの給料を払い、お茶の用意を哀願する。

「彼は私には目もくれずに、なんの返答もせず、糸をあれこれいじりまわしていた。私は三分ほどのあいだ、彼の前に立ち続けていた。a la Napoleon ナポレオン風に腕組みしながら。こめかみが汗で濡れていた私の顔は青ざめて、自分でそれを感じていた。」

〈新しいヒーロー〉のパロディ

「立派な主婦として はいっておいで」〈私〉のプロフィールばかりではない。第二部のプロットそのものも、先行する〈物語の制度〉のパロディとなっている。そのことは、第二部のエピグラフと第九節の最初に二回繰り返されるネクラーソフの詩『迷妄の闇から』(一八四六)によって強調されている。ネクラーソフの詩を全訳してみよう。

迷妄の闇から
信念の熱き言葉で
堕落した魂を私は救い出してやった
おまえは深い苦しみに満ちて
手を揉みしだき
おまえをとらえた悪徳を呪った

忘れ易い良心を

思い出のかずかずで罰しつつ
おまえは私に出会うまでの
すべてを物語った

そして突然、両手で顔を覆うと
恥ずかしさと恐ろしさとに満たされ
おまえは涙の流れるに任せる
憤り、おののきながら――

信じよ、私は同情に満ち耳を傾けている
いっしんにひとつひとつの言葉を捕らえ
すべてを理解した、哀れなる児よ！
私はすべてを許し、すべてを忘れた

いったいなぜ、隠された疑いに
いつも身を任せるのか？
人々の意味もない考えに

おまえもまた服従しようというのか？

大衆を信じてはならぬ、空虚で嘘つきな
自分自身の疑いを忘れよ
びくびくと怯える心に
重苦しき思考を隠すのではない

無駄に実りない憂愁に沈んで
胸に蛇を飼うことはいらない
そして私の家に勇敢に心のままに
立派な主婦としてはいっておいで

一八四五年という日付のあるこの詩は、一八四六年四月号の「祖国雑記」に掲載されたのち一八五六年のネクラーソフ作品集に収録され、チェルヌィシェーフスキイやドブロリューボフたち、左翼の文学者たちに高い評価を受けている。チェルヌィシェーフスキイは一八五六年一一月五日付のネクラーソフ宛書簡でこの詩を含むいくつかの作品を挙げて、「これらの詩を読むと、文字通り大声を上げて泣きたくなってしまいます」と書いているくらいだ。

書物風の演技

チェルヌィシェーフスキイの感激は、その後もずっと続いたらしい。彼の代表作として知られる『何をなすべきか』（一八六三）では、この詩の筋がそのままに主人公の一人、〈新しい人〉キルサーノフの性格付けとして使われている。

この長編小説の第三章の一四節「クリューコワの物語」。娼婦だったナスターシャ＝クリューコワがネフスキイ通りで医学生のキルサーノフに声をかけ、彼の部屋について行く。キルサーノフは、ナスターシャがどんな人間なのか、どうしてこんな境遇に落ちたのかを尋ね、生活を改めるようにと助言する。再び彼の部屋を訪れた彼女に、キルサーノフは肺結核の恐ろしさを説き、娼家への借金を払ってやる。やがてキルサーノフは〈純情で正直な娘〉ナスターシャに愛を告白し共に住むようになる。だが結核は二人を引き離してしまう

キルサーノフの像はネクラーソフの詩をそのままに継承したものと言ってよいだろう。『地下室の手記』には少なくともこの二つの作品が重ねられて引用され、パロディ化されている。『地下室の手記』のリーザは、やはり「どこやらの医学生か誰か」から愛情を告白する手紙を受け取っている。地下室人はリーザを前にして、キルサーノフの役まわりを〈書物風に〉演じ、そして失敗する。救い手は〈私〉ではなかった。

当時は現実にもこのような男女の関係はあり得た。ドストエフスキイの「時代」誌の同人アポロン＝グリゴーリエフは浮浪者の娘マリアと出会い、彼女を教育することを夢見て一八六一年にオレンブルグに移り住む。やがて二人の関係は破局を迎え、絶望したグリゴーリエフはモスクワに戻

り、破滅的な生活の末に息を引き取るが、一八六四年、グリゴーリエフの死の床にマリアは現れる（この病床でグリゴーリエフはドストエフスキイの『地下室の手記』を高く評価し、あのような作品を書けと励ました。ドストエフスキイの一八六四年の評論「アポロン・グリゴーリエフについて」参照）。

地下室人たる〈私〉はここでも、ロシア文学の新しいタイプのヒーローになることができない。まことに〈アンチ－ヒーロー〉の要素が〈わざと〉寄せ集められている。

〈光のユートピア〉と〈地下室〉

〈一人であることの美学〉を背負うロマンティック・ヒーローという〈物語の制度〉も、娼婦を救うという〈新しい人〉の〈物語の制度〉も地下室人の自己意識のなかで解体され、読者の笑いのなかに解消されてしまった。

これに先立つ第一部の構成原理もまた同じパロディ化の機能をもっている。ここには第二部にもまして数限りなくパロディを見出すことができる。カントやシラーからもたらされた〈美と崇高〉という概念のしゃれのめし、〈純粋理性〉への反論、〈自然と心理の人〉ルソーの『告白』の虚偽性の告発、〈快と不快〉を原理とする単純な功利主義への批判、そしてチェルヌィシェーフスキイの理性的エゴイズムの批判。因果律のシステムのなかの自由の問題。……

最も困難な読解——笑うこと

シェストフをはじめ、『地下室の手記』の論者の多くは、この〈私〉の展開するあれこれの議論のなかに自説にもっとも都合の良い説を認めて、論争の武器としてきた。しかし現代の私達にとって真面目に取り上げるだけの内容をもった所説を第一部の議論のなかに見て取ることは難しい。〈私〉自身が「いま述べたこと、ひとことだって自分で信じちゃいないのだ」というではないか。私達はただ吹き出し、笑いころげて通過するという、実はどうやらいちばん困難な道から外れないようにすればよい。だがそれはなんのためだろう。

鉄とガラスとアルミニウム

チェルヌィシェーフスキイは一八六二年に逮捕される。未決囚としての生活のなか、執筆を許された彼は自伝を書き、いくつかの翻訳を行う。長編小説『何をなすべきか』も一八六二年一二月から六三年四月にかけて一気に書き上げられ、当時最も人気のあった雑誌「現代人」の一八六三年の三、四、五号の三回にわたって連載された。若者のあいだに非常な反響を呼び、掲載誌は発売禁止になる。しかしチェルヌィシェーフスキイの他の作品と同様に手書きコピーは広く流布していった。

ヒロインのヴェーラは夫の上役の息子と結婚させようとする両親の意図に反発する。この「地下室」から彼女を救い出したのは医学生ロプホーフだった。ロプホーフは、婦人以外には道を譲らない、という原則を貫いているような人物だ。二人は結婚し、ヴェーラは未来の事業のための第一歩として裁縫店を始める。管理の最終決定権は数人の娘たちに与えられ、利益は平等に分配される。ヴェーラが友人のキルサーノフを愛し始めたことに気付いたロプホーフは自殺を装って姿を消し、アメリカへ渡って奴隷解放運動に参加する。ヴェーラは革命家ラフメートフの励ましを受けてキルサーノフと結婚。帰国して別の女性と結婚したロプホーフと二家族は隣り合って住み、明るい未来へと向かう。

チェルヌィシェーフスキイはヴェーラを描くにあたって、〈家庭からの出奔〉と〈三角関係〉と

水晶宮〈クリスタル - パレス〉の内部

いう二つの大きな問題を極めて理性的な仕方で解決して見せている。思えばこの二つの問題は、ドストエフスキイでは『虐られた人々』のテーマにほかならなかった。ここに、両者の描き方の対照的な関係を見ようとする研究者もいる（トゥニマーノフ）。

ヴェーラの成長は夢のかたちで読者に伝えられるが、彼女の第四の夢に現れるのが、未来のユートピアのイメージだ。ここではゲーテの『五月の歌』に作曲したベートーヴェンの歌曲が響く。豊かな田園のなかにそびえる大きな建物。それは鉄とガラスとアルミニウムで出来ている。この「透明な宮殿」に近いものといえば、一八五一年ロンドン万国博で建てられた〈クリスタル - パレス〉しかない。科学の力で砂漠は緑の沃野と変わる。『旧約聖書』で言われる〈乳と蜜にあふれる土地〉が実現している。

「だがあの建物、あれはなんだろう。あれはどういう建て方なのだろう。現代にはこんな建築はない。これを暗示する建物が一つあるだけだ。サイデンガム丘に立っている宮殿がそれだ。鉄とガラス、鉄とガラスだけで出来ている。いやそれだけではない。これは建物の外側にすぎない。これはその外壁で、内側にほんとうの家が、巨大な家がある。その家は鉄とガラスの建物によって、箱に入れられたように、包まれている。外側の建物はすべての階にわたってひろい廊下となって、家をとりかこんでいる。この内側の家はなんという軽い建て方だろう。」（チェルヌィシェーフスキイ作『何をなすべきか』　金子幸彦訳　岩波書店　下巻二三六ページ）

だがなぜ光は〈善きもの〉なのか

ユートピアの表現にガラスまたはクリスタルを用いるという手法はヨーロッパに広く見ることができる。

トマス＝モアの『ユートピア』（一五一六）では、ユートピア島に壮麗な五四の都市が描かれ、ガラスの普及が強調されていた。この島では住民は誰もがなんらかの技術を身につけ、宗教は理性と謙虚な反省に基づくものとされる。トマソ＝カンパネラの『太陽の都』（一六〇二）では、都を統治する最高位の神官は〈太陽〉と呼ばれる。フランシス＝ベーコンの『ニュー・アトランティス』（一六二七）では「ソロモン学院」の長老があらゆる種類の宝石、クリスタル、ガラス器具について、また光学研究所について語る。

モアの『ユートピア』のロシア語訳は一七八九、一七九〇年に出版されているが、ロシアのユートピア物語の描写においても、光の果たす役割は大きい。一八二四年に書かれたロシア初の科学的ユートピア小説、ブルガーリンの『ありそうな物語』には自動車、潜水艦、飛行機、地域暖房などのテクノロジーの発達が予言されていたが、この一千年後の世界の案内人は「ガラス製の建物は堅牢で美しく、火事にも湿気にも強く、ほんの少量のガスで暖房ができる」と語る。

さらにオドーエフスキイの『四三三八年』(一八四〇)でもまた、飛行機の飛び交う大都市の生活が予言されるが、そこでは「金持の家は、屋根全体がクリスタル製か、あるいはクリスタルの白瓦でふいてあり、標札はカラー・クリスタルでできている。夜になって家に明かりがともると、この屋根の列が妖しい輝きを放つ魅惑的光景を呈する」とされる(オドエフスキー作『四三三八年』深見弾訳『ロシア・ソビエトSF傑作集』創元推理文庫所収)。

ガラスやクリスタルによってユートピアを語る、という方法は、ヨーロッパ文化をさかのぼれば、おそらく『ヨハネによる黙示録』第二一、二二章にその原型を求めることができようが、しかし、『黙示録』の表現はたぶん比喩に過ぎまい。

なぜ〈光〉は善きものであり〈地下室〉は「暗い死」(『何をなすべきか』第二章「ヴェーロチカの最初の夢」)につながらなければならないのか。

地下室の住人は言う。

「諸君はクリスタルの建物を信じておられる。永遠に壊れることのない、つまり舌をぺろりと出してみせたり、ポケットのなかで愚弄する指型を作ってみせたりできないような建物を信じておられる。だが、もしかすると、わたしがこの建物を恐れているのは、それがクリスタル製で、永遠に壊れることがなく、舌を突き出してやることもできないからなのかもしれない。」

〈物語の制度〉の破壊　——小説の解体　地下室の住人は地下室を賛美するが、すぐ次の瞬間にはこれを罵っている。何一つ信じてはいない、と自分で言う。

むしろ地下室人は、同時代の人々の〈物語の制度〉を、そしてこのイデオロギー小説においてはは同じことだが、当時の文学の〈思考の制度〉の構造を、明らかに浮かび上がらせ、そこにある二項対立を解体させることを目的としているようだ。〈制度〉をパロディとパラドクスのるつぼのなかに投げ入れ、無力化する。地下室人はイデオロギーの境界に立ち続けようとする。るつぼの中に投げ入れられたのは、いま見てきた三つの視点をはじめとする次のようなテーゼだ。

(1)ロマンティックな美学

　ヒーローの絶対化、選ばれた者のみが真実を知るという構図。

(2)ヒューマニズムによる救済

　娼婦に人間としての価値を見出して共に暮らす話。

(3)啓蒙理性の可能性

　精神の出来事のすべては因果律によって説明され、意志の自由は存在しない。

(4)功利主義

　人間は快楽を愛し、不快をきらう。より大きい利益を求める。

(5)土地主義

　〈生きた生活〉との和解がなされるべきだ、との主張。

(6)歴史のユートピア的理解

歴史には意味があり、人類史は光に満ちた終点を迎える、という思考形態。

「しかし……もうこのへんで『手記』を終えるべきではないだろうか。こんなものを書き始めたのが間違いだったような気がしている。すくなくともこの〈物語〉を書いているあいだずっと、わたしは恥ずかしくてならなかった。してみればもうこれは文学ではなくて懲罰じゃないか。なにしろ、たとえば、片隅での道徳的堕落と、環境の不備、生きたものからの絶縁と地下室での虚栄心に満ちた悪意とによって、わたしが人生をいかにして失ってしまったかなどというながったらしい物語など、じっさい面白くもなかろう。小説にはヒーローが必要だ。だのにここにはアンチヒーローに似つかわしいあらゆる特徴がワザトのように寄せ集められているじゃないか。……」

『地下室の手記』は雑誌「世紀」の一～二号と四号とに連載された。

連載の初回に、ドストエフスキイは作者からの前言を付け、「この最初の断片には」自己紹介がなされ、「あとに続く数章で」事件が語られる、と断っていた。さらに「こういうわけで、この最初の断片は、一冊の書物のいわば序章、ほとんど前置きのようなものとお考えいただきたい」と。だが〈一冊の書物〉は書かれないまま中断され、一八六五年の作品集に収められる時に、現在見るような二章からなる中編小説に改められた。これにともなって前言は「この断片には」「次の章では」とされ、「こういうわけで」以下は削除されている。

〈物語の制度〉を破壊し、〈二項対立的思考の構造〉に疑いをはさんだアンチ－ヒーローの小説は、小説そのものも解体させてしまった。

物語の消失点。

地下室人の〈不自然な自己意識〉はペテルブルグ時代のロシアの思潮のすべてを映し出し、鏡のようにイデアの逆転像を作り出し続ける。そして地下室人自身はこの逆転像の側に立つのでもない。彼は鏡のちょうど境界面に立っている。そして出来上がり安定したかに見える二項対立を無化し、相互に関わらせ、閉鎖したヒエラルヒーのすみかから引きずり出す。おそらくここには深い宗教意識が隠されている。すなわち人間の側の物語の約束事は完結しない。人間の作った領域を壊す要素は〈向こう側〉から送られてくる。その〈異界〉から送られてくるもののシンボルが無人の舗道に降りしきる〈ぼた雪〉だ。

＊ロンドン万国博覧会の建築物については松村昌家『水晶宮物語』（リブロポート刊）に詳しい。

＊ドストエフスキイのイデアのカーニバル感覚についてはバフチン『ドストエフスキイ論』第四章を参照。

＊〈寄せ集められたテクスト〉については宇波彰「キッチュ・ドストエフスキイ」（「ドストエフスキイ研究」第三号）を参照。

V 宗教生活

宗教体験について

涙を流して

「彼は朝の祈りや昼の祈りにはいつもこの教会に来ていました。よく、誰よりも早くやって来て、いちばん遅くまで残っていました。いつも隅のほう、入口近く、右側の柱のかげに立っていましたが、それは目立ちたくなかったからです。そしていつもひざまずき、涙を流して祈っていました。勤行のあいだずっとひざまずいたまま一度も立ち上がらないこともありました。わたしたちは皆、これがフョードル＝ミハイロヴィチ＝ドストエフスキイだということはよく知っていました。ただ知らないふり、気付かないふりをしていたのです。注目されるのがお嫌いでしたから。人の目が集まれば、たちまちぷいと顔をそむけて出て行ってしまうのでした。」（晩年のドストエフスキイについてのチモフェーエワの回想から）

第I章ではドストエフスキイの作家としての誕生にいたる過程を、とくに文学的な形成に注目して叙述を進めた。この章ではもう一つの面、日本ではこれまであまり光の当てられることのなかった具体的な信仰生活、宗教的な体験について考えてみたい。

最初の記憶

ドストエフスキイの最初の記憶については、彼とともに一四年を過ごした、二番目の妻アンナの証言が残されている。

『カラマーゾフの兄弟』の冒頭で主人公アリョーシャの幼年時代が語られる場面。母親が聖母の守りを願うように、聖像のほうへと差し出している場面をアリョーシャははっきりと覚えていた。この小説の語り手はここでこんなふうに注釈を書き加えている。

「こうした記憶というものは、（このことは万人によく知られていることだけれども）大変に小さい頃から、たとえば二歳の頃から、残されていることがあるものだ。しかしそれは闇のなかでほんの一つの輝く点として一生思い起こされるので、大きな絵画の一隅が欠け落ちたようなもので、絵画そのものは消え失せてしまうが、この一部だけは残っている、そんなものだ。」

彼の死後二五年を記念して出された一九〇六年の全集のこの個所に、アンナは次のように書き込んでいる。

「こうした二歳の頃の思い出は、フョードルにもありました。おかあさまが村の教会で彼に聖餐を受けさせているところで、一羽の鳩が窓から窓へと教会のなかを飛び過ぎたのだそうです。」

本当にこの記憶が残っていたものか、あるいはアンナの創作か。あるいはこれは、作家が、自分自身に語って聞かせていたストーリーでもあったのではないか。それはまた、作家が民族の歴史として思い描

母マリア

いたストーリーとも重なっていたか。民族の最初の記憶？（第Ⅸ章を参照）

同じく『カラマーゾフの兄弟』には、八歳のころ、ゾシマ長老のもとに最初に訪れた〈精神的洞察〉について語る場面がある。それは受難週間のこと、とされるが、この個所にアンナはやはり書き込んでいる。

「これはフョードル自身の子供時代の思い出でした。何回か聞いた覚えがあります。フョードルはわたしたちの子供たちが受難週間の勤行に参列するのを喜んでいました。」

フョードルたちはヒューブナーの『聖書からとった一〇四の物語』によって読み書きを習い、ほとんど毎年、秋の初めの聖セルギイの日には母に連れられて三位一体寺院に五〜六日の旅行をした。

〈神〉の頻出

ドストエフスキイの家庭に、とくに母親を中心として醸成されていた宗教的な雰囲気は、当時の基準に照らしても、際立ったものだったようだ。第Ⅰ章でもふれたが、やがてペテルブルグでの工兵学校に入学した時、彼の宗教的なたたずまいは奇異なものとして映り、友達から変人扱いを受けたりもする。

とはいえこの工兵学校自体が、宗教色を濃厚に残した場所であったらしい。というのもドストエフスキイの入学からさかのぼること一〇年、この学校には「神聖と名誉のサークル」と名付けられた団体があり、のちに主教イグナーチイとなるドミートリイ＝ブリャンチャニノフと、チハチョーフなる人物とが主宰していた。ドストエフスキイの学んだ頃の工兵学校にも、なんらかの形でこうした伝統があったことは予想できる。さらに何年か前には分離派に属する生徒たちもいて、彼らの独特の生活ぶりについての言い伝えを耳にする機会もあった。

さて一八四〇年頃までのドストエフスキイの書簡にはじつに頻繁に「神」の名前が登場し、神の摂理について、祝福について繰り返し言及される。

「人間の魂の雰囲気は、天と地との融合から生成します。人の子とはなんと反法則的な存在でしょう。精神的自然性は損なわれてしまっている……わたしたちの世界は、罪深い考えによって曇らされた天の精神のすみかなのです。」（一八三八年八月九日、兄ミハイル宛）

父親の死後、兄ミハイルは親たちの村に住んで年下の弟妹たちの教育を志す。この時フョードルはこんな手紙を書いている。

「この教育は幸いなものとなるでしょう。家族のあいだにあって、魂をまっすぐに組織すること、あらゆる志向をキリスト教の原理によって発展させること、家族の善行への誇りと恥辱や不名誉への恐れ、これがそうした教育の成果となります。ぼくたちの両親の骨は潤える大地のなかで静かな眠りにつくことでしょう。」（一八三九年八月一六日）

教会批判へ

一八四一年、工兵学校を卒業し、野戦工兵少尉補になった頃から、彼の手紙からは神とキリスト教に関する言葉が見られなくなる。ある研究者によれば一八四四年頃からすでにドストエフスキイは聖餐式に出ていなかった。そして一八四六年の聖餐式にも出ない。しかし一八四七年および一八四九年のキリスト昇天祭には友人のヤノーフスキイと斎戒《さいかい》する。この短い一期間は何を意味するのだろうか。

ここにベリンスキイの影響を見ることももちろんできる。この情熱的な文芸批評家はちょうどこの頃社会主義のイデアに傾倒していて、ドストエフスキイの教育を「いきなり無神論から始めた」(『作家の日記』一八七三年の3「昔の人々」)。一八四七年初めのベリンスキイとの決別の後、ドストエフスキイは再び教会に通うようになる。

ペトラシェフスキイ事件での逮捕の原因となったベリンスキイのゴーゴリ宛書簡の朗読は、ドストエフスキイにとってどんな意味をもっていただろう。ロスキイやパスカルたち神学者は、ドストエフスキイはベリンスキイの正教会批判には同意見だった、とする。事実、この手紙で、ベリンスキイはむしろキリストの殉教を擁護しつつ「キリストと教会とのあいだに、ましてや正教会とのあいだに、何か共通なものがあるか」と体制内的な正教会のありかたを攻撃している。ドストエフスキイはここに共感を寄せたのだろうか。

ペトラシェフスキイ事件の審理のさなか、まだシベリアへと向かう前に、ドストエフスキイは自分の信仰を確かめるかのように、兄に宛てて、『聖地巡礼』と一八世紀の著名な説教師ロストフのドミートリイの著作、そしてフランス語とスラヴ語の『聖書』を送るよう頼んでいる(一八四九年八月二七日)。二か国語の『聖書』を頼んだのは西欧の信仰とロシアの信仰との比較が彼の心をと

シベリアの囚人たち

らえたのでもあろうか。当時、ロシア語で簡単に手に入る『聖書』はなかった(次節参照)。ずっと後に、ドストエフスキイは、兄から送られた『聖書』が〈精神的な再生〉への端緒となった、と語っている(チモフェーエワの回想より)。この『聖書』は監獄に入ってすぐに盗まれてしまい、手元に残ったのはトボリスクでデカブリストの妻たちから与えられたものだけだった。

空が地上に降りて来た

監獄での共同生活からドストエフスキイが学んだのは、農民たちの素朴な宗教感覚だっただろう。彼は若いダゲスタン人のアレイに『聖書』をテクストにロシア語を教え、分離派教徒たちの清潔な祈りにひかれる(『〈死の家〉の記録』参照)。

『聖書』を分けてくれたフォン＝ヴィジナ夫人に宛てた手紙で、自分は〈不信と懐疑の子〉である、としながら〈真理よりもキリストとともにある〉ことを望む、と書くのは監獄から出された直後、一八五四年のことだ。

のちになってドストエフスキイはこの頃のある体験について語っている。

それはセミパラチンスクで、話相手のいないまま憂愁に沈んでいた時のことだ。おもいがけず旧友が訪ねて来た。ちょうど復活祭の前夜だった。久しぶりの再会に二人は夜を徹して話し込んでいた。友人は無神論者で、ドストエフスキイは神を信じていた。どちらも堅く信念を守って議論を続けていた。

「神は存在する。存在するとも！」とうとうドストエフスキイは興奮し、我を忘れて叫んだ。ちょうどこの瞬間、隣の教会の鐘が鳴って、聖なる復活祭の始まりを告げた。大気ぜんたいが鳴り響き、揺れ始めた。

「その時わたしは感じたのです」とドストエフスキイは語った。

「空が地上に降りて来て、わたしを飲み込んでしまいました。わたしはリアルに神を理解し、神によって貫かれたのです。そうだ、神は存在する――わたしは叫んで、それっきり、何も覚えていないのです。」（コルヴィン＝クルコーフスカヤの回想より）

これは晩年になってますます頻繁に彼を襲うようになるてんかんの前駆症状である。この〈祝祭のさなか〉の時間感覚（木村敏による規定）を他者に語るのに、ドストエフスキイが『ヨハネの黙示録』の表現を用いていることに注意すべきだろう。「この天使が〝霊〟に満たされたわたしを大きな山に連れて行き、聖なる都エルサレムが神のもとを離れて、天から下ってくるのを見せた。」（第二一章一〇節）

シベリアで親交のあったヴランゲリの回想によると、いまのような体験があったにしても、ドストエフスキイは生活をそれほど変えているとは思えない。

「宗教についてはほとんど話し合ったことはなかった。彼はどちらかと言えば信心深いほうだったが、教会にはめったに行かなかったし、僧というものを、とくにシベリアの僧を嫌っていた。キリストについては有頂天になって語った。」

ロシア帰国以後

彼が熱心に教会に通い始めるのは一八七一年、四年間にわたる外国生活から帰ってきてからのようだ。

二番目の妻アンナは伝統的な宗教生活をよく守っていた。一八六七年にロシアを離れる時にヴォズネセンスキイ寺院で祈ることを提案したのも彼女だったし、帰国した時に、婚礼を挙げた三位一体寺院で祈ったのも彼女と一緒だった。

アンナの最初のお産の時、ドストエフスキイは一晩中祈りを捧げ、生まれたソーニャにうやうやしく十字を切った。受難週間には妻や子供たちと斎戒して一日に二回教会に通って、聖餐を受けた。

ドストエフスキイの祈りについてはアンナはこんなふうに書いている。

それは一八七七年のロシア＝トルコ戦争の開戦の時のことだ。

「宣言を読み終えると、フョードルはカザン寺院に馬車を向けた。寺院にはかなりたくさんの人がおり、『カザンの聖母』像の前で途切れることのない祈りを挙げていた。フョードルはすぐさま群衆のなかに姿を消した。何か重要な儀式の時には、見る者のいないところで静かに祈るのが好きなことを知っていたから、わたしはあとを追わなかった。ようやく三〇分ほどして、寺院の隅にいるのを見付けた。祈りの喜びのなかにすっかり没入してしまっていたので、最初はわたしを見分けることができなかった。」

シベリアの『ロシア語訳聖書』

ロシア語訳聖書の歴史

一七世紀末のわずかな試みを別とすれば、一八世紀にいたるまでロシア語訳『聖書』は存在せず、『聖書』といえば教会スラヴ語のものをさしていた。教会スラヴ語は古語であり、『聖書』は少数の聖職者が特権的に読み、解釈すべきものであった。一七九二年にはメフォージー大主教の手でロマ書が訳された。一九世紀にはいると、ロシアに『聖書』を普及させることをめざす〈ロシア聖書協会〉が一八一三年に設立される。一八一六年二月アレクサンドル一世の勅命によって『ロシア語訳聖書』の仕事が開始され、一八一九年三月三〇日には教会スラヴ語ロシア語対訳のかたちで四つの福音書が出版される。一八二一年にこれに加えて『新訳聖書』の全体が対訳で出され、さらに『新訳聖書』が初めてロシア語だけで出版されるのが一八二三年九月二五日である。一八二五年にはモーゼ五書とルツ記が印刷工場に入っていたが、この年の一一月、この事業は勅令によって差し止められた。デカブリストの蜂起直前のことだ。

一八二〇年代の前半、ロシアの『聖書』をめぐる状況は急展開をみせた。まず正教会からは、〈ロシア聖書協会〉で世俗の人々やカトリック、プロテスタント、マソンが権力を持ち、すべてのキリスト教会諸派が同等の扱いを受けていることに不満をもち、さらに人々が自分勝手な解釈を『聖書』から引き出すことへの宗教的危惧と、内乱や反抗の原因となりはしないか、との政治的危惧とが表明された。工場のモーゼ五書は焼却され、一八二六年に〈ロシア聖書協会〉は閉鎖され、これ以後、『旧訳聖書』の販売は禁止され、『新訳聖書』も、ロシア語だけのもの、一八二三年版はどうやら禁止され、教会スラヴ語対訳版も新版は差し止めとなって、次第に数が少なくなっていった。

『作家の日記』の記述によれば、デカブリストの妻たちは、トボリスクを通過してゆく囚人たちのひとりひとりに、こうした特殊な存在である一八二三年版『ロシア語訳聖書』を手渡したという。この行為自体に、彼女らのプロテストの意味を読み込めるはずである。監獄のなかに持って入ることには寛大であったのかどうか。

民衆の生きた言葉から大きく離れてしまった教会スラヴ語からのロシア語への翻訳の要求は、しかし、時代の必然であった。一八四〇年のジュコーフスキイによる『新訳聖書』翻訳をはさんで、一八五六年、宗務庁はみずからロシア語訳に着手、一八六〇年の四福音書出版を皮切りに、一八六二年に黙示録まで、そして一八七六年には現行のものとほぼ一致する『新旧訳聖書』の全訳が完成する。

『罪と罰』創作に際してドストエフスキイの手元にあったのは一八六五年版の福音書だった。シベリアにおいて、この頃には出合う機会の非常に限られていた『ロシア語訳聖書』にめぐり合うことが出来たこと、つまりは監獄の中でロシア語によって『聖書』の言葉を吟味し得たことは、彼の思索を深める上で極めて幸福な条件となった。いっぽう六〇年代になって本格的に創作を再開した時点で、ロシア語での聖書語句が読者によってそれと理解され得るようになっていたこと、これを前提として聖書語句を作品中にすべりこませるための条件が整っていたことは、作家としてのドストエフスキイにとって幸運だった。彼の後期の創作はこのような『ロシア語訳聖書』の歴史的転換期の条件の上に成立したものであった。

隠された一〇ルーブル紙幣　トボリスク以後のドストエフスキイに常に同行した『聖書』は、作家の死後、妻アンナの手元に残され、現在はモスクワのレーニン図書館の手稿部に保管されていて、特別に許可を申請したのち、手に取って見ることができる。ファイルにはこれまでこの『聖書』を参照した世界の研究者たちの、だが意外なほど短いリストがはさみ込まれている。

『聖書』の大きさは縦一九・五センチ、横一二センチ。皮製の表紙の端が破れており、次のような説明書がついている。

「ここには一〇ルーブル紙幣が隠されていた。」

これは、トボリスクでフォン＝ヴィジナ夫人から手渡された時のことだ。

『マタイによる福音書』第三章一五節「今は、止めないでほしい。正しいことをすべて行うのは、我々にふさわしいことです」（『聖書』は新共同訳から引用する。本来は正教会訳によるべきだが、極めて古い文語体の文章はここでは避けたい）のページの上の余白に、鉛筆で次のように書かれている。

「フョードル＝ミハイロヴィチの頼みで私によって開かれ、読まれた。亡くなる当日の三時のことだった。」

アンナの『回想』では、当日の朝七時に、ドストエフスキイは目覚め、『聖書』を読むように頼んだ、とされていて、記述に若干のずれがある。アンナ夫人の筆跡はきわめて繊細な、几帳面なものだ。

歴史と黙示録

『聖書』にはそこここにインクと鉛筆による書き込みがあるが、これがフョードルによるものか、のちにアンナによってなされたものであるかは確定できない。

まず、言葉の書き込みは「ヨハネの黙示録」への三か所のみ。

第一三章一一節

「わたしはまた、もう一匹の獣が地中から上って来るのを見た。この獣は、小羊の角に似た二本の角があって、竜のようにものを言っていた。」

の横にインクで「社会主義」、

第一七章九節

「七つの魂とは、この女が座っている七つの丘のことである。」

の横に「文明化」、

同章一一節
「以前いて、今はいない獣は、第八の者で、またそれは先の七人の中の一人なのだが、やがて滅びる。」

の横に「全人」とある。

これらの書き込みがドストエフスキイによってどの時点でなされたかはわからない。ここからは彼が人類史と『黙示録』とを平行的に見ていた、人間の歴史を〈黙示録ヴィジョン〉のなかで見つめていたことがうかがえる。

『罪と罰』のエピローグでラスコーリニコフが見る人類の滅亡と新生の夢は、アンチクリストが滅び、新しいエルサレムが出現するという黙示録ヴィジョンを下敷きにしていると考えられる（次章参照）。

NB「重要」との記号

「ヨハネによる福音書」に圧倒的に多い。ドストエフスキイにとって（そして同時にロシア正教にとって）この福音書が持つ特別な意味については指摘されてきたが、「真理はあなたたちを自由にする」などの場所に付けられた「重要」との書き込みはこのことを雄弁に語っている。それらの場所を示しておこう。

第八章二三節、三二節、三七節、四七節、五一節、五二節、五七節。

第九章四節、二五節、三九節。

第一〇章一六〜一八節、二八節。
第一一章八〜一一節、二五〜二七節、四一〜四二節。
第一二章五〜六節、二四〜二五節。
第一三章一四〜一五節。
第一四章一〜二節、六〜七節、一一〜一三節、二四〜二六節。
第一五章二節、五節。
第一六章二八節、三三節。
第一九章四一節。
第二〇章二九節。

こうしたNB記号は「使徒言行録」にも多い。

第二章二七〜二八節。
第四章一一〜一三節。
第五章三八〜三九節。
第八章二〇〜二三節。
第一七章二一節。
第二三章五〜七節。

NBを付された「ルカによる福音書」第七章四七節「この人が多くの罪を赦されたことは、わたしに示した愛の大きさで分かる」は『罪と罰』でマルメラードフのキリスト論のなかに引用された言葉。同第二〇章三五～三九節「次の世に入って死者の中から復活するのにふさわしいとされた人々は、めとることもなく嫁ぐこともない」は妻マリアの死に際してのメモに引かれていた（本書第Ⅲ、Ⅶ章を参照）。「ヨハネの黙示録」では一か所、第一四章六節の「永遠の福音を携えて」のところに書かれているが、これは『罪と罰』で殺人者と娼婦が「永遠の書」の上で出会った、と書かれている叙述に呼応しよう。

机のかたわらに置いて

「ルカによる福音書」第八章三二～三六節、『悪霊』のエピグラフに使われた〈豚の群れ〉の始まる場所と終わりとには黒のインクの斜めの線で区切られている。『悪霊』はこれを正確に移し取っている。

「ヨハネによる福音書」第一一章一九～二三節、『罪と罰』でラスコーリニコフの願いに従ってソーニャが朗読する〈ラザロの復活〉の個所では、始めと終わりがインクで示され、二五節、小説ではイタリック体で強調されている個所「わたしは復活であり、命である」のところには鉛筆で下線が引かれている。二六節「このことを信じるか」の前と後にインクの記号、三八節と四一節にもインクで引用個所が示されている。この『聖書』を机のかたわらに置いて創作を進めるドストエフスキイの姿が浮かび上がってくる。

「ヨハネの黙示録」第三章一四～一七節、『悪霊』のスタヴローギンとチーホンの対話で語られる「あなたは冷たくもなく熱くもない」の始めと終わりに鉛筆で印が付けられている。

このほかにたくさんの場所に下線が付されており、そのすべてについてここで示すスペースはない。

いっぽう『カラマーゾフの兄弟』でアリョーシャが回心の直前に聞く〈ガリラヤのカナ〉の「ヨハネによる福音書」該当部分に何も書き込まれていないのは、小説中に教会スラヴ語で引用されているからだろう。この時彼は別の『聖書』を使った。

*ドストエフスキイの『白痴』その他におけるてんかんの精神状態は、この病の特徴を極めて正確に表したものと言われる。これを「祝祭のさなか」という時間感覚の面から分析する木村敏の仕事はドストエフスキイ理解にじつに強烈な光を与えてくれる。木村敏「てんかんの存在構造」（『てんかんの人間学』東京大学出版会　所収）および同『時間と自己』（中公新書）。またてんかんとの関わりについては次のものも参照。荻野恒一『ドストエフスキー』（金剛出版）と加賀乙彦『ドストエフスキー』（中公新書）。

*聖書のロシア訳の歴史については宮崎武俊「ロシヤ語訳新訳聖書の系譜」（「ロシヤ語ロシヤ文学研究」第一六号、一九八四）も参照。作品のなかの具体的な『聖書』の引用については次のものなどを参照。井桁「『罪と罰』における聖書モチーフの使用について」（「ロシヤ語ロシヤ文学研究」第九号）。

Ⅵ

『罪と罰』——再構築と破壊

創作の第一段階——ラスコーリニコフの造形

犯罪自体が時代の課題だ ドストエフスキイはこれまでもアップ-トゥ-デイトな問題に常に反応してきたが、この作品以後特にそうしたニュアンスを強めてゆく。流行作家としての要件だ。

一八六五年一月、モスクワで一つの殺人事件が起こった。それは計画的な犯行であり、殺人は晩の七時頃に行われ、二人の老婆が殺された。死因は斧による後頭部の打撃。金および金銀製品が奪われた。犯人はほどなくして逮捕される。ゲラーシム＝チストーフという二七歳の店員の犯行で、これは分離派教徒（ロシア正教の分派で、ロシア語でラスコーリニキという。一八世紀にニーコンによって実施された教会改革を受け入れず、伝統的な正教会の教えを守ろうとしたため古儀式派とも言われる。信者には商人が多かった）だった。盗品は結局使われずじまい。

現在残されている創作ノートによって小説の創作のプロセスを追うことができるが、それによると、殺人の現場の設定は最初期から創作の全過程をとおしてほとんど変更されていない。作家はこの事件をかなりの程度まで忠実に取材しているといってよい。一八六五年の夏から秋にかけて（たとえば新聞「声」九月七日付など）事件のあらまし、裁判の進行はジャーナリズムを通じて伝えられており、小説の読者は、記憶に新しいこの事件を頭に呼びおこしながら、読み進んでいった。

当時、こうした犯罪はペテルブルグで非常な増加を示している。統計によれば、一八五三年から五七年に犯罪件数は倍増し、盗難や詐欺事件の被害総額は年平均一四万ルーブル。毎年の逮捕者四万人という数は、当時のペテルブルグの人口の八分の一にあたるという。犯罪自体が時代の課題であった。

同時に、刑事事件の審理という題材そのものもまた、この時代のロシア社会にとって極めて深刻なテーマであった。

ゲルツェンが『過去と思索』（一八五二～六八）で書いているように、かつてロシアの警察署には無実を訴える未決囚の叫びとこれを抑える鞭の音がうずまいていた。

一八六四年一二月二日の告示で、ロシア皇帝は、裁判を独立した権限であるとした。予審が警察の権限からはずされて裁判官にゆだねられる。公開弁論および対審、弁護士制度、陪審員の制度などが定められた。裁判制度の整備は一八六二年以後次々に打ち出された近代国家への脱皮の試みの一環としてあった。それは成功するだろうか。

ドストエフスキイのジャーナリスティックな感覚はこうした社会の動向に敏感に反応する。そして彼の計算が正しかったことは、『罪と罰』連載開始後すぐに、裁判関係の雑誌の書評で『罪と罰』が取り上げられていることからも裏付けられる。

ジャンルとしてはどうだろう。

文学の問題として、裁判あるいは探偵小説のジャンルが一八六〇年代のロシアにどれほどひろまっていたか明らかではない。少なくとも七〇年代に入ると〈裁判小説〉という言葉は存在し、代表的な作家シクリャレーフスキイが「市民」誌の編集部に原稿を持ち込んでドストエフスキイとやりあったりしている。ガボリオなどが翻訳されたらしく八〇年代のチェホフ『狩場の悲劇』には判事の水際立った解決などには読者はうんざりしている、との台詞があって、この頃まではすっかりジャンルとして定着していることがうかがわれる。

リザヴェータはいない

さて、それではモデルとなった事件と小説の設定との違いは何か。そこに作家の想像力がうかがわれるはずだ。

①まず犯人像の変更。ラスコーリニコフは二三歳の学生とされる。犯行への思想の作用を検討しようとする作家の要請から、これはいわば必然的な変更と考えられる。

②もとの事件の被害者の職業は料理人と洗濯女。犯人の思想的背景を設定する上で、小説の被害者は金貸しとされる。

③犯人割り出しについて事件では凶器の斧が証拠として押収された。小説では予審を進める判事ポルフィーリイとの心理的な駆け引きが逮捕、自首のプロセスの中心になる。ポルフィーリイは、ラスコーリニコフが犯人であることを示す「ほんのちょっとした証拠」を見つけたというが、これは何をさすのだろうか。

④事件では老婆殺害後に訪れて犯行に巻き込まれるのは彼女の友達だった。小説でもう一人の被害者として設定される老婆の妹リザヴェータの像は、後に述べるように、作家による重要な創造である。

⑤季節の変更。チストーフの犯行は冬だったが。ラスコーリニコフの犯罪は「運河からの悪臭が街に漂う炎暑」のなか。ラスコーリニコフを犯行へとかりたてる条件のもうひとつとして〈生理的感覚〉がここに設定される結果となった。

カトコーフへの売り込み　事件に取材したドストエフスキイは当初『罪と罰』の六分の一ほどになるはずの小説を構想して、雑誌「ロシア報知」を発行していたカトコーフに売り込んだ。手紙そのものは残されていないが、おそらく一八六五年九月一〇～一五日のあいだに書かれただろう手紙の下書きが残っている。

「あなたの雑誌『ロシア報知』に中編小説を掲載する希望を抱くことをお許し願えるでしょうか。それを私はここ、ウィスバーデンで書いています。もう二か月にわたって書いており、もうすぐ終えようとしています。印刷原稿五枚から六枚になるでしょう。仕事が終わるのはあと二週間くらいか、もう少し長くなるかもしれません。いずれにしても、はっきり申し上げられるのは、一か月後には小説は『ロシア報知』編集部にお届けできる、それより遅れることは決してない、ということです。

中編のイデアは私の予想するところ、あなたの雑誌にいかなる意味においても対立することはありません。いやむしろ、その反対です。これは——一つの犯罪の心理的な決算報告なのです。

事件のおこる舞台は現代、今年のことです。大学の学生を除籍になった若い男がいます。これは商人の出で、極貧のうちに暮らしていますが、軽率なため、考えが動揺しているために、空気中に浮遊する一種奇妙な〈未完成の〉イデアに屈し、いまわしい状況から一気に脱することを決意します。一人の老婆を殺す決心をするのですが、この老婆は九等官で高利貸しをやっています。老婆は愚かで、耳が遠く、病気で、欲が深く、ユダヤ人そこのけの高い利子を取り、意地悪で他人の寿命を縮め、妹をこきつかって苦しめるといったぐあいです。〈あいつはなんの役にもたっていない〉〈何のためにあいつは生きてるんだ〉〈あいつは誰かのためになるだろうか〉など。こうした問が若い男を混乱におとしいれます。彼は老婆を殺し、富をまきあげようと決める。そして田舎に住む母親を幸福にし、……」

若い頃には進歩的な西欧派の陣営にいたとされるカトコーフは一八六三年のポーランド反乱を機に保守派に転換していた。ドストエフスキイはこの手紙で、最後には犯人が自首しなくてはならなくなる、〈神の真実と地上の法〉が勝利するのだ、と秩序維持的なトーンを強調している。

革命モチーフの除去

この時期の創作ノートは殺人者の性格づけのメモで埋まっている。

「私はそれから元老院広場を歩いていった。そこではいつも風があり、特に銅像のまわりでは強い風が吹きつけてくる。陰気で重苦しい場所、この大きな広場ほどうらさびしく、重苦しい光景を私は他のどこでも、決して見たことがないのはどうしてか。いまもまた私は広場を妙なふうに眺めるのだった。私の心は乱れ、たちまち何も考えられなくなってしまった。」

ロシア史のなかでは元老院広場はなによりもまずデカブリストの処刑と結びついていよう。作家はこの時、殺人者の思想と革命運動とを関連させる可能性を考えている。少し先のメモには、「カペーの未亡人。キリスト、バリケード、我々は仕上げのされていない種である。最後の痙攣《けいれん》。自白。」とある。

一八六〇年代の西欧、ロシアのジャーナリズムにおいてはフランス革命の評価をめぐっての論争がたたかわされ、「時代」誌一八六二年七号にも「フランスにおける歴史科学の状態および最新の歴史論」が掲載される。ドストエフスキイ自身の一八六〇〜六二年の創作ノートにも『分身』の改作のためのプランに、『罪と罰』につながる重要なメモがすでに見えている。

「新ゴリャートキンと二人で。ナポレオンやペリクレス、またロシア蜂起の指導者になる、という空想。リベラリズム、またルイ一六世の涙とともに再興される革命。そして彼に（善意から）つきしたがう女性。」

革命と、そこにおける犠牲というモチーフはカペーの未亡人マリー＝アントワネットから『罪と罰』の犠牲者ソーフィア＝マルメラードフへともたらされる。

しかし最終稿では、殺人者のイメージからデカブリストなど、ロシアの革命運動に直接に結びつくモチーフは削除される。その主な理由の一つとして、カトコーフの雑誌には向かない、との判断が働いたことが推測される。

反抗する近代人

殺人者の性格づけとして次に注目されるのは創作過程のだいぶ先にあらわれるラスコーリニコフとピョートル大帝の結合だ。ピョートル大帝の事業をめぐる議論は近代化の是非をめぐってロシアのほとんどすべての思想家をとらえた。ドストエフスキイもまた、ロシア人の能力をヨーロッパに示した個性として共感をよせながら、古来の文化からロシアを切断し、ニヒリズムを招いた「ニヒリスト-ピョートル」に対しては批判的だった。『罪と罰』の第三の創作ノートには、そのような文明論と少しニュアンスの違う、殺人者と娼婦のやりとりが残されている。

「俺は若かったかもしれない。誰がそれを言い当てられるだろう。ともあれ俺は第一歩を踏み出す必要があった。俺には権力が必要だったのだ。俺は……を欲しなかった。欲しかったのは、見るものすべてが別様であること。とりあえずそれだけが俺には必要だった。それで殺した。そのあとでもっとほかのことが必要になった。空想は望まなかった。行動を望んだのだ。自分で行動することを。

（オランダ人ピョートル）

俺は知らない、どこへ行き着くのか。

『あなたはおかあさまを助けるためにしたのね』
『いや、違う。そうじゃない。自分のため、ただ自分のためだけにしたんだ。俺は不公平を望まなかった』〈……〉
俺は情けにすがって生きたくはなかった。従属を望まなかった。もしも人が常に従属してきたなら、この世界にはなにひとつ生まれなかっただろう。」
ここには、〈(神の)世界の秩序を受け容れない〉という近代人、〈反抗者ピョートル〉の像がある。ドストエフスキイの創作史ではやがてイワン＝カラマーゾフの反抗に通じるものだ（第X章を参照）。作家はこの時期、ラスコーリニコフの理念としてピョートル大帝とナポレオンという二人の〈アンチクリスト〉を選択肢としてもっていた。ではなぜピョートル大帝は最終稿ではまったく姿を消すのか。再び雑誌の性格、また検閲への配慮を見るべきだろうか。殺人者と皇帝との結合を避けたのか。最終稿で、ラスコーリニコフは〈ナポレオン神話〉というヨーロッパ全体を覆うグレート‐コードに結びつけられる。作家の側の理由はともあれ、この選択は、ロシアというローカルな文化のコンテクストから、作品の枠組をヨーロッパ近代全体へと大きく拡大する結果となった。

ナポレオン三世の『シーザー伝』　ナポレオン神話との結合にも、作家のジャーナリスティックな感性をうかがうことができる。
ナポレオンの生涯の評価もまた、この時期のヨーロッパ、ロシアの全体を巻き込む議論だった。

そのきっかけとなったのは一八六五年三月に刊行されたナポレオン三世の著書『ジュリアス・シーザー伝』である。とりわけ論争の的となったのは同年二月ごろから各国語の翻訳が出された「序文」だった。著者はここでナポレオンの〈非凡人〉としての歴史上の役割を強調しており、そのいくつかの個所に『罪と罰』のラスコーリニコフの論文と言われるものに直接につながるモチーフが見られる。

「並み外れた功績によって崇高な天才の存在が証明されたとき、この天才に対して月並みな人間の情熱や目論みの基準を押し付けるほど非常識なことがあろうか。これら、特権的な人物の優越性を認めないのは大きな誤りであろう。彼らは時に歴史上に現れ、あたかも輝ける彗星のごとく、時代の闇を吹き払い、未来を照らし出す。〈……〉本書の目的は以下のことを証明することだ。神がシーザーやカルル大帝、ナポレオンのごとき人物を遣わす。それは諸国民にその従うべき道を指し示し、天才をもって新しき時代の到来を告げ、わずか数年のうちに数世紀にあたる事業を完遂させるためである。彼らを理解し、従う国民は幸せである。彼らを認めず、敵対する国民は不幸である。そうした国民はユダヤ人同様、みずからのメシアを十字架にかけようとする。彼らは盲いており、罪あるものである。」

「序文」は二月一九日付「サンクト‐ペテルブルグ通報」や二月二一日付「モスクワ通報」などに掲載された。ボナパルティズムの擁護、ナポレオン三世自身の政治姿勢の正当化を目指したこの論は多くの反発、議論を招いた。たとえばロシアでは〈非凡人〉と〈凡人〉とのカテゴリー分けはいかになされるというのか、といった皮肉まじりの疑問が出され、それはそのまま、『罪と罰』のなかに取り入れられる。

「このように二つの異なる人間の論理が存在する。それはちょうど二つの道徳律が存在するのに見合っている。いっぽうの論理と法律によっては凡人の行為を裁かねばならず、もういっぽうの論理と法律によっては、世界的な天才、英雄、神のごとき人々を裁かねばならない、というわけだ……　しかし、もし歴史的な人物、偉大なる天才が通常一般の法律から免れ、一般の論理に従った法律が適用不能となったら、これらの人物をどのように見分けたらよいのか。歴史的人物に関するわれわれの判断力には限界があり、われわれの論理はそこで立ち止まり、われわれをその先まで導くことができない。とすれば或る著名な人物が普通の論理規則に従うのか、いったい世界的天才の系譜に連なるのか凡人の仲間なのかということを、いかにして見分けることができよう。或る人物を月並みな人間として裁いてみたところが、そのじつ天才だった、とか、天才と見えたところが、ありきたりのダースで数えるような男だった、ということが起こり得るではないか。」

（「現代人」誌一八六五年第二号）

殺人の後で

殺人者の文学的な完成に向けて　創作ノートにはこのほかに、殺人者の性格付けのために、

として「ウンゲルン、スボガール、ユスコークなど」という名前が書き残されている。ウンゲルンとはバルチック沿岸地方に残される伝説の無法者。罪と引き替えに無限の財宝を築く。スボガールとはシャルル＝ノディエの同名の小説の主人公。高潔なる無頼漢。〈公共の福祉〉団の頭目であらゆる法を乗り越える。彼は言う。「諸君は神の摂理を信じ、これを拒否するものを嘲笑する。〈……〉思い起こすがよい。新しい社会の創設者はいかなる者たちであったか。いま諸君が裁いていると同じ無頼漢ではなかったか。諸君に尋ねるが、野蛮人の世紀から英雄の世紀へと一線を画したあのテセウスやペリフォイ、ロムルス兄弟たちは何者であったか。〈……〉祭司たちは彼らの功績の数々を聖化し、神の序列の中に置いた。だが実は彼らは不義の生まれの盗賊であり、殺人者であり、父殺しではないか。」　スボガールはバイロンの主人公たちとともに一九世紀の文学に大きな影響を与えたとされる。ユスコークはジョルジュ＝サンドの同名の小説の主人公で、やはり海賊の首領である。またノートに名前は見えないが、「時代」誌に審理の報告の掲載されているフランスの詩人にして殺人者ラスネールの〈選ばれた人間〉という自己意識もラスコーリニコフの造形に影を落としていると推測される。

ロマン主義の文学のヒーローたちの集積。そのうちでも、小説の構造そのものにまで影響したのはやはりプーシキンの『スペードの女王』だったろう。ナポレオンの横顔を持つゲルマンは老婆に死をもたらし、資本を得ようとする。両者のあいだにリザヴェータが位置する。この三人の構図はラスコーリニコフーリザヴェーターー老婆に移される。『罪と罰』では熱病からさめたラスコーリニコフに、友人ラズミーヒンが「公爵婦人のうわごとなんて言わなかったぜ」といって、主人公と読者とに、下敷きとなるこの物語を想起させる。

ラスコーリニコフはロマンティックな主人公と言えるか。さきのメモでは「秘められた存在、秘密という役割が彼を魅了する。ウンゲルン、スボガール、ユスコークなど。しかしのちには彼は自分でこれらを嘲笑する」とされる。すでに述べたように、ドストエフスキイは前作『地下室の手記』においてロマンティック゠ヒーローの解体を行っていた。ここでは〈物語の制度〉へと意識的に復帰してゆこうとする作家の姿勢が見える。しかしそれは単純なやり直しであるはずがない。主人公が〈意識的に役割を演じている〉。

物語の再構築といえば『罪と罰』の当時の読者がすぐに思い合わせた作品として、四年前に発表されたヴィクトル゠ユゴーの『レ・ミゼラブル』(一八六二)がある。犯人ジャン゠バルジャンと追跡者ジャヴェル、コゼットと婚約者マリユス、秘密をかぎつけるテナルディエといった人物システムは、そのままラスコーリニコフ、ポルフィーリイ、ドゥーニャ、ラズミーヒン、スヴィドリガイロフという配置にあてはまる。ドストエフスキイは最初のヨーロッパ旅行の折りに、当時ちょうど発表されたばかりの『レ・ミゼラブル』に読みふけっており、これ以後七〇年代まで何回となくこの小説を手に取っている。

創作の第二段階——ソーニャの造形

〈神の真実と地上の法〉 さて、中編として構想された小説を六〜七倍にも拡大させた要素は何か。カトコーフ宛書簡で見ることのできないモチーフがある。それは〈神の真実と地上の法〉の内容だ。創作の第一の時期がラスコーリニコフ造形の時期であったのに対して、第二の時期の主要なテーマは、娼婦ソーフィア＝マルメラードワの一家の物語を結合することにあった。

『罪と罰』執筆の数か月まえ、一八六五年六月八日付の「祖国雑記」誌編集長クラエーフスキイ宛書簡で、ドストエフスキイはある長編小説の構想を伝えている。

「私の長編は『酔いどれ』という題名で、飲酒という現代的問題に関するものです。その問題を扱うばかりではなく、そこから派生するすべての分野を展開します。特に家庭のありさま、こうしたなかでの子供の教育などです。印刷原紙二〇枚以内と思いますが、あるいはもっとになるかもしれません。一枚あたり一五〇ルーブルで結構です（『〈死の家〉の記録』では「ロシア世界」でも「時代」でも二五〇ルーブルだったのですが）。」

この小説のメモのうちで、現在残されているのは次の断片だけだ。

「『わしらはなぜ飲むか。なすべき仕事がないから。』

『嘘をつけ、道徳心がないからさ。』
『道徳心がない、それだって、長いあいだ（一五〇年間）なすべき仕事がなかったからなのさ。』」

ここで、一五〇年とはピョートル大帝の西欧化政策以来のロシアの文明を頭においたもの。この時期の創作ノートをドストエフスキイは紛失した形跡があり、長編がじっさいどのくらい書かれていたか、それがどんなものだったかを、知ることはできない。これが『罪と罰』の創作の過程に導入されるのは、殺人者（のちのラスコーリニコフ）のつぶやき――「こんな自分を誰が哀れんでくれるだろう」と、酔いどれの貧しい役人（マルメラードフ）の同じつぶやきとが並行に響き合った時点だった。さらにマルメラードフになる酔いどれを媒介項として、小説のなかに彼の娘ソーフィア（愛称はソーニャ）が呼び込まれる。こうして殺人者と、酔いどれの家庭を支える娼婦とが向かいあう時、『罪と罰』の基本的な構造が成立する。

ラスコーリニコフと
マルメラードフ

第二の創作ノートの大部分は娼婦をリアルなものとして提示しようという努力に費やされている。

彼女についての一番初めの頃のメモ――

「センナヤ（乾草）広場での（魚を手にした）娼婦との一場面。〈……〉（役人の娘は通りすがりに。ほんの少し、そしてなにより独創的に。単純素朴で打ちのめされた存在。または汚れた、酔っぱらって魚を持って。その両足にキスする。)」

これは『地下室の手記』から持ち越されたモチーフだ。地下室人は暗闇のなかでリーザに「ぼくは正月の朝、センナヤで一人の娼婦を見かけたことがある」と語り始めるが、初め、そのような姿として役人の娘はイメージされた。

さまざまな曲折を経て、やがて次のようなメモが現れる。

「算術が破滅させる。そして直接的な愛が救う。すべてが苦しみのなかに置かれた。信じるべきものもなく、よって立つべき基盤もない。しかし直接的な愛だって、やはり思い込みなのだ。ロシア的要素の美の存在を信じよ(ソーニャ)。

ロシアの民衆(ナロード)はいつもキリストのように苦しんできました、とソーニャが言う。」

〈ロシア－ナロード－キリスト－苦悩〉――この一連のモチーフがソーニャに結びつけられることによって小説の世界は大きな変容を遂げる。それは民族の意識の神話的古層への下降とも言えるものだった。これがあの「神の真実と地上の法の勝利」の探求の結果だった。

最終稿で、犯罪の告白を受けたソーニャは、ラスコーリニコフの復活の道を次のように指し示す。

「今すぐに行って、四つ辻に立ちなさい。そして叩頭《こうとう》し、まずおまえが汚した大地に接吻し、そして全世界に、四つの方向に叩頭し、みんなに言うのです。『私が殺しました』と。そうすれば神はふたたびおまえに生を与えてくれるでしょう。行くわね、行くでしょう。」

ソーニャはなぜ教会での告白を促さなかったのか。この一種奇妙な命令の意味は何か。これまでもそうした疑問は正教の立場からも提出されてきた。

その解釈のためには、一八六〇年代のロシアのフォークロア研究の状況を視野に入れておかねばならない。

一八六〇年代のフォークロア研究　「時代」誌の一八六一年第二号の書評欄に、同人の一人、アポロン＝グリゴーリエフが「ロシア民族の生活史に関する書物と雑誌論文の展望」を書いている。そこで取り上げられているのは以下の一〇点の文献。

一、ブスラーエフ著『ロシア民族の文学と芸術に関する史的概論』全二巻
二、ベスソーノフ編注『巡礼歌』
三、ヴァレンツォーフ編『ロシア宗教詩集』
四、フジャコーフ編『大ロシア民話集』
五、アファナーシエフ編『ロシア民話集』
六、キレエーフスキイ編『歌謡集』
七、「ルースカヤ・ベセーダ」誌のコハノーフスカヤの二つの論文
八、「祖国雑記」誌のヤクーシキン編「歌謡集」
九、シェヴィリョーフ著『ロシア文学史』

一〇、「スヴェトーチ」誌の「婚礼歌に関する論文」

このうちシェヴィリョーフの著書だけは一八四六年に出版されているが、他のほとんどは一八六〇年および六一年の発表である。内容はフォークロア文献資料収集および学問的研究。その多くが現代の文学研究から見ても基本文献とされるものだが、なかでも特に画期的研究と評価されてきたのはブスラーエフの著書だ。

ブスラーエフはドストエフスキイより三歳年上の一八一八年に生まれ、優れたゲルマニストであるヤーコプ＝グリムの業績を視野に入れながら、『祖国の言語の教育について』（一八四四）、『キリスト教のスラヴ語への影響について』（一八四八）などを著す。彼は、古代の人々の世界観あるいはナロードの生活の全体は、言語に反映している、と考え、フォークロアを民衆の無意識の創造精神の発現ととらえた。『史的概観』で対象としたものは、ことわざ、決まった表現、方言にはじまり、民衆詩、英雄叙事詩、民話、異教伝説から聖像画までの広い範囲にわたっている。

このほかにもこの頃のフォークロア研究、スラヴやロシアの神話研究には見るべき多くの成果があった。ドストエフスキイの友人オレスト＝ミレル著『ポエジーの精神的起源に関する史的研究』（一八五八）、『ロシア文学の史的展望』（一八六三）は英雄叙事詩を光と闇といった神話的要素で読み解き、フジャコーフは『民衆文学研究のための資料』（一八六三）などで信頼度の高いフィールド－ワーク資料を提供、ルィーブニコフは北部ロシアの婚礼歌や葬式の歌を集めた『歌謡集』（一八六一～六七）を出版した。

『ロシア民話集』(一八五五～六四)の編者として名高いアファナーシエフは、そのほかに、宗教的な物語を集めた『ロシア伝説集』(一八五九)、性にまつわる笑い話を集めた『ロシア秘話集』(一八七二)を出版するとともに、『罪と罰』が構想される一八六五年から六九年にかけて全三巻の『スラヴ諸民族の詩的自然観』を著した。これは〈光と闇〉〈天空と大地〉などにはじまり、動物や植物にいたるまで無数と言ってよいほどのイメージ、シンボルをスラヴ各民族の言語のなかに求めたもので、二〇世紀のフォークロア研究者たちから、スラヴ人の文学作品研究に関する〈輝かしい記念碑〉と評価されるものだ。

作家としての幸運

一八四〇年代の西欧派ベリンスキイにとっては一八世紀以前のロシアに、論ずるに足る文学は存在しなかった。いっぽう、スラヴ派のシェヴィリョーフは古代ロシアに理想的な社会状態を見、古代文学をその表現ととらえる。こうした論争は六〇年代まで持ち越されており、「ルースカヤ・ベセーダ」誌はスラヴ派の系譜を受け継いだ。ベスソーノフもまた、ロシア人の救いや理想は一三世紀頃に成立した「巡礼歌」に歌われていて、そこにある民族精神、民族の根源へともどらなければならないと主張した。彼らから見ればブスラーエフたちの仕事は古代ルーシを低めていることになり、いっぽう西欧派の流れをくむ「現代人」を活動の舞台とする文化歴史学派のプイピンたちは、古代ロシアに民族性を見、古代文学研究の必要性を認めながらも、神話学派の仕事に歴史的観点が希薄であると批判する。こうした論争の戦わされるなかで「時代」誌の書評子グリゴーリエフは、古代文学研究の隆盛を歓迎しながら、スラヴ派に対して批判的な論調を強め、ブスラーエフの業績をもっとも高く評価する。ともあれ、この時期、民族性（ナロードノスチ）をめぐってロシア言論界は大きく揺れていた。六〇年代の人々はもはやかつてのスラヴ派のように土台を持たぬ幻想の理想境へと回帰しようとはしない。ロシア精神の歴史について具体的、学問的で豊富な知識に基づいた思索への道は開かれつつあった。ドストエフスキイがこうした時代に再出発できたことは、前の章で述べた聖書をめぐる状況とあわせて、作家として恵まれていたといえよう。こうした志向は四〇年代末にすでに「シベリア・ノート」というフィールド・ワークをもっていたドストエフスキイに内在したものでもあったから。このノートはナロードの言葉を集めた早い時期の資料として現代の研究者からも高く評価され続けている。

スラヴ人の大地像

ソーニャの命令には、大地に関するいくつかの概念が響いている。つまり――

1、大地は聖なるものであり、汚してはならない。
2、大地は人格化されており、裁き手となる。
3、大地は犯罪を許し、病者を治癒させる力を持つ。

アファナーシエフの『詩的自然観』の第一巻の「天空と大地」の項目によればウクライナやセルビヤをはじめスラヴには古くから「聖なる大地」という表現をみることができるという。

「ガリツィア地方のウクライナ人や小ロシア人たちは大地を聖なるものと呼ぶ。たとえば厳《おごそ》かな挨拶の言葉、乾杯の言葉では次のように。『魚のごとくに健康であれ、水のように生き生きと、春のように朗らかで、聖なる大地のように豊かであれ。』」

さらには「聖なる大地がおまえを受けいれませんように」との呪いの言葉もあり、「一四世紀のノヴゴロドのストリゴーリニキ派は罪を聖職者にではなく、大地に告白せよ、と教えた。」コンスタンティノープルの総主教はこうした習俗を批判して「大地は魂をもたない存在であるから聴くことも答えることもできない」と書いたが、アファナーシエフによれば、

「庶民、教養のない人々は古い叙事詩の伝説によって育てられており、彼らにとって大地とはけっして魂をもたない存在ではなく、感情と意志とをもつものと考えられていた。勇者たちは凶暴な龍を討ち、その血にまみれる危険に直面する時、大地にこう願う。『おお、潤える母なる大地よ、四方に割れて龍の血を飲み干してくれ』——すると大地は割れ血の流れを飲み込んでしまう。ラスコーリニキ（分離派）の無僧派やニェトーフシチナ派たちはごく最近までストリゴーリニキ派を継承して、天を仰ぎ、また大地に伏して、罪の告白を行った。」

先にとりあげたソーニャの言葉は、アファナーシエフの書物の次のような報告に大変に近いものだ。

「『病気が直り健康になる』ことは古い表現で、神から許しを得る、と表現された。よく病人は四つ辻へとおもむき、うつぶせに身を投げる。そして母なる大地に疾患を癒してくれるようにと願

うのである。」

後の神学者スミルノーフは著書『古代ロシアの聴聞僧』（一九一三）で大地信仰の歴史を扱い、ストリゴーリニキ派がなぜ大地を聴聞僧の位置に据えたかを次のように説明している。こうした告白の形式はロシア民衆の二重信仰に土台をもつ。すなわち東方教会の〈聖像への告白〉という習俗と、古代からの異教的な大地信仰の結合。スラヴには天を父、大地を母とする、ギリシアのウラノスとガイアに通じる神格が存在し、正教会から異教として攻撃された。大地はしばしば年老いた女性として描かれる。さらにもう一つ、両者の結合の上に生じた、罪の正しい裁き手としての大地像。これらが大地への告白という形態を成立させた。

北極海に注ぐペチョーラ河畔の分離派教徒たちに関する一九〇一年のフィールド‐ワークでも、人々は正教会の司祭に罪を告白することがない、と報告されている。司祭の招きを拒否して彼らはこう答えた——「我々は神様と潤える大地に告白するのです。」「私は潤える大地に耳を押し付けます。神様は私の告白を聞き届け、許してくださるのです。」

しかし、アファナーシエフにおいてもスミルノーフにおいても報告されているのは、殺人のような大罪は大地によって許されることはない、との考えかたで、この点では『罪と罰』は民衆の自然観から離れている。

シベリアの囚人たちはソーニャに語りかける——「おっかさん、ソフィア＝セミョーノヴナさん、おまえさんはわしらの優しい、慈悲深いおっかさんだよ！」　大地のイデアの人格化としての

センナヤ広場（1850年代）

側面をもつソーニャに示される愛情は、民衆に生きる〈潤える母なる大地〉への信仰と一致する。

大地信仰はロシア古代社会ではやがて、キリスト教との関わりのなかで聖母信仰と、さらには神の叡智をあらわすソフィアへの信仰と結びついてゆく。

復活物語へ

さていまや小説は〈復活物語〉としての構造を獲得しようとしている。このような〈大地－聖母－ソフィア〉のイデアへの回帰は現代の私達にとってどのような意味をもっているだろうか。

それはあるいは二〇世紀の文化人類学の課題と関わるかもしれない。近代的知性の〈科学的思考〉に対して、これを補うものとしての〈神話的思考〉の意味を問い直すこと。たとえばレヴィ＝ストロースによる〈野生の思考〉やエリアーデの〈永遠回帰の神話〉での伝承文化人の生の充実感、あるいは〈アジア的古代〉という文化価値、さらにはユングの語るように、意識という男性的要素肥大の危険性に対して、無意識の女性原理アニマに注目する今世紀の深層心理学のテーマとも関わりがあるかもしれない。前作『地下室の手記』の中断個所で、地下室人は〈生きた生活〉から切り離されてしまった、とつぶやいていた。ではこれが生きた生活か。そう読むことは可能だ。

思想的読解はそうした方向に向かい得る。だが文学を書くドストエフスキイの問題はその先にあった。

こうした筋は、かつての、ロマン主義に見られた〈物語の制度〉への回帰に過ぎないのではないか。男性原理の表現としての近代人、〈反抗者〉が自然に近く生きる女性と触れることで調和へと回帰しようとするというプロットは、たとえばプーシキンでは『オネーギン』（一八二三〜三一）や『ジプシー』（一八二四）に見られた構想である。

こうした〈民族の根源、大地への回帰〉という発想そのものを、『地下室の手記』では自己アイロニイの力で〈空無化〉したのではなかったか。

小説世界が殺人者と娼婦とのあいだに置かれて安定していこうとしたちょうどその時、新しい人物像、スヴィドリガーイロフが成長を始める。ここに『罪と罰』創作過程の重要な鍵がある。

創造の第三段階――スヴィドリガーイロフの造形

第二段階で殺人者の物語に役人の家族の物語が導き入れられた。さらにこの時期、同じ創作ノートに、もう一つの小説がスケッチされている。

もう一つの小説構想

「情熱的で嵐のような衝動。激変する感情。自分自身に耐えるのが苦しい（強い天性。こらえ性がなく、肉体的快楽に至るほどの嘘の発作［イワン雷帝］）。多くの卑劣な行為とうしろぐらい仕業。子供（重要。殺された）。自殺を欲する。三日で決意した。保護し食わせている貧乏人をいじめる。自殺のかわりに結婚。嫉妬。（一〇万ルーブルを訴訟で取った。）妻への中傷。居候を追い出すか殺す。陰欝な悪魔。それから身を引き離すことができない。突然自分を、あらゆる陰謀を暴露するという決断。ざんげ、恭順。立ち去り偉大な功業家となり、恭順。苦しみを耐えることへの渇望。自首する。流刑。苦業。

私はナロードを醜悪なかたちで真似たくない。だが恭順はなく、傲慢さとの闘争。」

あるいは、

「父はセヴァストーポリで戦った。すべてを費やした。わずかな年金。娘と二人の息子。弟（飲んだくれて居候。性格。語り手）。兄は病人で皆を養う。弟は堕落したスヴィドリガーイロフ。スヴィドリガーイロフは四五歳。一六歳の裕福な家の娘と結婚したいと考えている。父と事件。娘を買い、拒む。友人であり続ける（それは自殺を欲している当の人物。悪魔。強い情欲。言う）。弟を叱り（金を与え）、娘を誘惑する。彼と比べた結果よりよいとされたいいなづけが彼女を上司に提供しようとしていることを暴露する。兄の妻（ニヒリストのなかへ）。娘は進んでスヴィドリガーイロフと結婚する。（スヴィドリガーイロフは居候を殺す。路上で子供と友達になる）。転回。カタストロフ。

重要。堕落した若い男に職業を作り出すこと。

彼らのうち誰かが遺産を受ける。」

創作の第三段階はこれらのメモからスヴィドリガーイロフが『罪と罰』の世界で成長してゆく過程である。この造形は、おもにラスコーリニコフとスヴィドリガーイロフの対話のかたちで進む。では小説のなかでのこの人物像の役割、機能はなんだろう。

謎の人物という設定

『罪と罰』は一八六六年の「ロシア報知」誌に連載された。いま、その連載のありさまを知っておこう。

ロシア報知号数	一八六六年雑誌版での章分け	一八六七年単行本（現行と同じ）での章分け
1	一章　一〜七	一章
2	一章　八〜一四	二章

4	二章 一～六	三章
6	二章 七～九	四章 一～四
7	二章 一〇～一三	四章 五～六 五章一～三
8	二章 一四～一五	五章 四～五
11	三章 一～四	六章 一～六
12	三章 エピローグ	六章 七～八 エピローグ

この表から見えてくることの一つは、「ロシア報知」の八回にわたる連載のうち四回まで、連載の最終場面にスヴィドリガーイロフが姿を表しているという事実だ（4、6、8、11号)。ここにこの人物像の小説中での役割の一端がうかがわれる。つまり、読者に謎をかけ、次回への興味をつなぐ機能。しかしこれはもっと基本的な機能の一つの表れであるにすぎない。

物語の向こう側へ

ラスコーリニコフの前に初めて姿を現したスヴィドリガーイロフは奇妙な問答を繰り返すが、そこで彼は〈永遠〉についてこんなふうに語っている。「わたしたちにはいつも、永遠というものが理解不可能なイデアのように、とてつもなく巨大なものに思われています！　だがどうして必ず巨大なものでなくちゃあならないのです？　ところがどっこい、こんなもののかわりに、考えてみてごらんなさい、そこにはちいさな部屋が一つ、まあ木造の風呂場みたいなものがあって、すすだらけで、四隅には蜘蛛の巣がはってる。これがすっかり永遠というものだとしたら。わたしにはね、時々こんなことがぼんやり浮かぶんですよ。」

スヴィドリガーイロフはラスコーリニコフに、おたがいがよく似ている、と言う。事実ラスコーリニコフもまた、この〈永遠〉に似た感触を持っている。殺人の後にネヴァ河の上で見るパノラマがそれだ。最終稿は人々の繋がりから断ち切られたという感覚の表現と読めるが、創作ノートのメモはもっと直接的な〈向こう側〉の感触を表していた。

「このパノラマにはひとつの独自な点がある。それはあらゆるものを打ちひしぎ、すべてを死に至らしめ、すべてをゼロに帰せしめる。そしてこの独自性――この光景の冷たさと死滅感は完全なものだった。そこからはまったく説明できない冷気が吹き付けてきた。〈耳も口もない〉霊がこのパノラマ全体を満たしていた。わたしはうまく言い表すことができないが、それは死滅でさえもなかった。なぜなら死滅したものはかつて生きていたものだが、そこではわたしの印象はけっして抽象的な頭で考え出されたようなものではなく、まったく直接的なものだった。」

殺人者は「うまく言い表すことができない」と告白し、さまざまな比喩を用いて伝えようとしている。事情は『白痴』のイッポリートの〈虫〉のイメージ、『悪霊』のスタヴローギンの〈蜘蛛〉、さらに二〇世紀小説のうちではカフカの〈機械〉、ナボコフの〈恐怖〉、サルトルの〈マロニエの根〉、ベケットの〈ゴドー〉についても同じだ。おそらく本質的に、それは名付けられないもの、

〈存在者〉とでもいうべき〈不条理な〉ものだろう。わたしたちの言葉でいえば〈人間の側の意味の消失点、物語の向こう側〉の感触。

なぜ殺したのか、というソーニャの問いかけに、ラスコーリニコフは自分の行為そのものをもストーリーによって名付け、物語ることができない。

最後の変更——黙示録ヴィジョンの露出

雑誌連載の最後まで、ドストエフスキイはフィナーレの処理について迷っている。最初期からここまでに創作ノートで用意されたプランは次のようなものだ。

フィナーレの模索

〈頭に弾丸を〉
〈もう一つの犯罪〉
〈旋風の中にキリストの幻を見る〉
〈殺人者が火事場で子供を救う。人々との和解。自首〉
〈ドゥーニャやソーニャたちによる裁判で自首が決められるが彼は逃亡する〉
〈ドゥーニャとの和解。ドゥーニャとソーニャによる見送り。ゴルゴダ〉
〈スヴィドリガーイロフによる自殺教唆〉

一八六六年一二月九日と一二月一三日の雑誌編集部への手紙で、最終回の原稿は「自分でもびっくりしていますが、あまり多くなさそうです」と伝えている。小説はペテルブルグからシベリアへと持ち出されて、エピローグを付けて終わる。最後にラスコーリニコフは一つの夢を見る。それは黙示録ヴィジョンによる世界解釈（第V章参照）だ。

まだペテルブルグにいた頃、自首に向かう直前にラスコーリニコフは、薄笑いを浮かべつつソーニャの差し出す十字架を受け容れた。

「こいつはつまり、俺が十字架を身に負うことの象徴なんだな、へへ！　たしかに、俺はこれまであまり苦しんでいないものな！　糸杉の十字架か、つまり一般民衆用だね。銅でできたほう、それはリザヴェータが持っていたものだね、それをおまえが掛けるのか。どれ、みせてくれる？」

ラスコーリニコフはここで、ソーニャによって、あるいはむしろ〈作者によって〉かれの上に投げかけられたストーリーを、甘んじて引き受けている。そしてストーリーを運ぶ権能は作者の側から登場人物の側へと奪取され、作中人物は自由な意志の選択によって自分の運命を決定する。（一九一〇〜二〇年代のバフチン=サークルの主要なメンバーの一人、レフ=プンピャンスキイは『罪と罰』における〈作者と主人公の関係〉を論じた著作『ドストエフスキイと古代文明』《一九二二》の中でこう指摘している――「ハムレット王子自身が自分自身の運命の創作者となる。〈……〉主人公は自分自身を作った作者の競争者となる。」「『罪と罰』においてはドストエフスキイの視野とラスコーリニコフ自身の視野のあいだの、ただでさえ弱い境界は動揺している。」）

これ以後ラスコーリニコフは小説世界を維持し、シベリアにおいて、自分にとってのストーリーを発見する。ラスコーリニコフはこうして、小説世界を〈死と再生の物語〉という単一コードによって構築し直し、締めくくった。

世界の全的な滅亡のイメージもまたロシア文学には提示されてきた。たとえば一八三三年のペチョーリン『死の威厳』と『ヴォリデマール』は古い世界の死滅による新しい世界の誕生を語る。とりわけ後者では、誇り高い若者と処女の清浄をもつ聖なるソフィアとの物語が黙示録のヴィジョンのなかで描かれている。このほか、ベンサムの功利主義を国是とするベンタミア国が、互いの斬り合い、殺し合いの結果、死滅するというオドーエフスキイの『名前のない都市』（一八三九）と『罪と罰』との影響関係も指摘される。ロシアの〈終末の物語〉では終末のシンボルとしてソドムとゴモラ、ノアの洪水、などが機能してきている。あるいは〈死と再生〉という物語は、民衆のカーニバルを貫通する世界感覚でもあるだろう。

『罪と罰』のストーリーは最後にはこうした既存のストーリーに結びつけられ、コード化されて終わる。

〈境界越え〉の小説

『貧しき人々』を統一する行為は〈呼びかけ〉であり、『地下室の手記』の書かれる場所は〈鏡面〉であった。では『罪と罰』の世界を統一しているものはなにか。それは〈境界越え〉という〈移行〉のイメージであるように思われる。

階段、敷居、橋

『罪と罰』の冒頭で、暑い六月の末（一八六五年のペテルブルグはじっさい、うだるような異常な炎暑に見舞われた）、蒸し風呂のような小さな屋根裏部屋から、若い男が階段を降りて行く。おそらくここに、小説全体の時間／空間の感覚が凝縮しているので、ある研究者の報告によれば、この小説が終わるまでに、ラスコーリニコフは少なくとも四八回、階段を昇り降りする。踊り場、敷居、廊下、通り、橋、運河……。彼が立ちつくし、歩き過ぎるのはいつも〈境界領域〉である。

マルメラードフの語る物語もまた〈境界越え〉から成立する。彼はすでに二つの共同体の境界を越えている。つまり極度の貧困は「人間のカンパニー（群れ、仲間）」から追い出されても仕方がない。彼はいま「酔いどれたちのカンパニー」にいる。しかしここでも人々の嘲笑の的になっているマルメラードフは、人間の社会という領域からどこかへ移動していかなければならない――「わかるかね、これ以上どこへも行くところがない、ということが？」彼は〈門〉という〈境界〉を越

		→境界→	
ラスコーリニコフ	屋根裏部屋	階段	通り
	地上	橋	川への身投げ
	人間の共同体	斧	犯罪者
マルメラードフ	人間の共同体	天国の門	キリストの赦し
ソーニャ	人間の共同体	売春	カペナウムのもとへ
	罪なき者	与えなかった襟	大罪を犯せし者
スヴィドリガーイロフ	地上の生活	肉体的秩序の破壊	もう一つの世界

領域と境界

えて天国へ迎え入れられることを夢見る。

マルメラードフの死の場面で「敷居」に姿を現すソーニャにとっては三つの進むべき道がある。気が狂うか、自殺するか、性の快楽に溺れるか。同様に、分かれ道はスヴィドリガーイロフの前にも現れる。アメリカへの長い旅か、〈もう一つの世界〉へか。

領域と境界線は作品のなかにどのようにして生ずるのだろうか。

それらは、背景となる文化パターンによって生じ、小説の意味論的空間のなかにさまざまなレヴェルで設定される。登場人物の〈行為〉が行われた瞬間、その属する文化内部の複数の〈境界線〉の潜在的可能性のうちの一つを選択的に浮かび上がらせる。

ラスコーリニコフがまたぎ越える〈境界線〉は「法律」によって定められたものだ。これを越えることは〈犯罪〉となる。彼は小説の冒頭でこの境界線を越える。斧によって人間のカテゴリーを叩き割り、線の向こう側の〈犯罪者〉の領域へと

〈移行〉する。

ソーニャにとっての〈境界〉は第一義的には「神の戒め」である。他者を同じように愛せよ、という教えを守り得るか。彼女が小説のなかに浮かび上がらせるのはこの指標だ。彼女が持っていた襟を、珍しくカチェリーナが欲しがった時、ソーニャは拒んだ。彼女はその時、自分は〈大きな罪を犯した者〉と感じる。

こうして「法律」によって浮かび上がる〈犯罪という領域〉と「神の戒め」によって浮かび上がる〈罪業という領域〉とが小説の主要なプロットを構成する。エピローグではラスコーリニコフの持つ価値体系の二項対立は解消し、ソーニャの持つ体系へと価値のプログラムが読み替えられることで終わる。ここには作者の側の価値領域が投影される。

〈境界〉はまた、大きな規模の地理についても現れる。ペテルブルグという都市そのものが境界領域だが、ここを出て行くのはラスコーリニコフとマルメラードフ、そしてソーニャ、スヴィドリガーイロフだ。シベリアへ、そして「アメリカ」へ。

〈境界線〉はここで、〈地上の世界〉と〈もう一つの世界〉との間にも置かれる。この線を越えて〈地上の世界〉へと侵入してくるのは、スヴィドリガーイロフの前に現れる亡き妻マルファと下男フィーリカであり、ソーニャが見る亡くなった父マルメラードフの姿である。

そして主人公ラスコーリニコフの前にもまた、〈もう一つの世界〉の幻が閃《ひらめ》く。乾草広場での大地への接吻の直後、十字架を負ってゴルゴダへと向かう彼の目にはキリストの幻が映る。

〈新しい〉世界への移行　ラスコーリニコフによる〈境界越え〉は「新しい」という言葉で表現される。この小説に数少ない「新しい」という言葉は、ラスコーリニコフについて集中的に使われるが、それは彼が他の登場人物と出会いの前後の心理を語る場面に現れる。孤独な生活ののち、マルメラードフと出会う直前。母からの手紙を受け取ったあと。警察の呼び出しに応じて。ラズミーヒンのところへ向かって。マルメラードフの死とソーニャとの出会いの場面で。ソーニャとの第一の晩。ソーニャとの第二の晩。スヴィドリガーイロフに脅かされて。ポルフィーリイの訪問を受けて。

小説のなかで「新しい」状況に出会う人物としてラスコーリニコフのほかにはソーニャがいる。彼女もラスコーリニコフの最初の訪問のあと「新しい世界がすっかり」心に入り込んで来たことを感じる。ここには『貧しき人々』から持ち越された〈出会いにおける生〉のモチーフが表れている。

二人にとってのほんとうの〈境界越え〉は、ようやくシベリアというペテルブルグの外で行われる。「二人ともに蒼ざめて痩せていた。しかし二人の病んだ蒼い顔には更新された未来のあけぼのが、新しい生活への完全な復活の曙光がもはや輝いていた。」

こうした小説の基軸を確かめ、寄り添うように、ラスコーリニコフが小説の最後で見るシベリアの夢のなかに「新しい」という言葉が三回使われる。その方向は、言うまでもなく〈新しいエルサレム〉へ向かうストーリーの方向（黙示録のヴィジョン）にほかならない。

では、この二人はどのようにして最後の〈境界〉を越えるのだろう。ここには、いわばこの世ならぬ光の射し込むのが感じられる。この光によって、ラスコーリニコフとソーニャとの関係は、地下室人とリーザの関係から本質的に転換することができる。光とは、具体的にはリザヴェータからソーニャ、ラスコーリニコフへと渡される三つの品物ではないか。ソーニャの〈罪〉の意識を生むことになる「襟」、リザヴェータとソーニャが一緒に読み、やがてシベリアのラスコーリニコフの枕の下に置かれる『聖書』、小説の最後に二人がともに身につける十字架。

いつも妊娠していて、実に美しい目をしたリザヴェータは、小説の内部からすぐに姿を消すが、この小説世界のなかに、〈もう一つの世界〉から光を投げかける。彼女は人から「白痴女」と呼ばれるが、ソーニャは「彼女は神に謁えるでしょう」という。〈この世〉の人は、神の手の触った〈聖なる愚者〉によってしか導かれない、と作者は考えているのだろうか（第X章を参照）。

『地下室の手記』では〈境界線〉を越えるということがない。むしろ〈線越え〉の不在ないしは不可能性（「石の壁」）というイメージから成り立つ世界だといってよい。主人公は決して鏡の面の向こう側へと踏み出してはいかない。では〈境界〉はどこにあるのか。それは〈物語の外〉に、ぼた雪が降ってくる〈彼方〉に。そして地下室人は〈地上〉という、境界の内側から黙ってそれを見つめている。それでは『白痴』ではどうだろう。

光はどこから射すか

『白痴』の創作過程には多くの曲折があったことはよく知られている。小説のどこに境界を設けるのか。ここでは最終的には〈移行〉のイメージは棄てられ、二つの世界の〈隣接〉が世界をかたちづくる。つまり〈境界〉は主人公の住む〈外の〉世界と、ペテルブルグの社交界という〈内の〉世界とのあいだに置かれる。そしてムイシュキンとマリア、ムイシュキンとナスターシャとのあいだに相似形を描いて繰り返される同心円の照らし合いが小説の根幹をなしている。そしてこの時、語り手の視点は『地下室の手記』とは逆に、向こう側、すなわち〈白痴〉の住む異界に置かれている。

＊ラスコーリニコフの犯罪論については井桁「ドストエフスキイとナポレオン」（「理想」五五二号）を、また大地のイメージについては同「大地－聖母－ソフィア」（「ドストエーフスキイ研究」Ⅰ号）を参照。『罪と罰』の神話的構造についてはトポローフ「ドストエフスキーの詩学と神話的思考の古式の図式」（北岡誠司訳、「現代思想」一九七九、九）が日本語で読める。またテクストの深層の解読に関しては清水孝純『ドストエフスキー・ノート』（九州大学出版会）、江川卓『謎とき『罪と罰』』（新潮社）や清水正『ドストエフスキー『罪と罰』の世界』（創林社）が刺激的だ。

＊二〇世紀の〈存在論〉はスヴィドリガーイロフの風呂場のイメージなどに発する、としてカフカやサルトルと関わらせた興味深い論文がある。埴谷雄高「存在と非在とのっぺらぼう」（「思想」一九五八年七月号。『埴谷雄高ドストエフスキイ全論集』［講談社］に収録）。たとえばナボコフは一九二七年の作品『恐怖』で次のように書いている――

「死が、無限が、惑星が恐ろしいのは、それらすべてが私達の概念の外にあるからだ。そしてこの恐ろしい日、不眠のために空虚になった私が通りに出て、この通りすがりの町の建物や樹木、自動車や人々を目にした時、それらを慣れ親しんだ人間的なにものかとして受け取ることを、私の心は突然、拒否した。世界との関わりは断ち切られて、私はただ私だけであり、世界はまた世界だけで存在していた。そしてその世界に意味はなかった。私はそれをじっさい存在するままの姿でみたのだ。〈……〉怖るべき裸の世界、怖るべき無意味さ。脇で犬が雪を嗅ぎ回っていた。私は〈犬〉とは何かを理解しようと絶望的な努力を重ねた。」

＊オドーエフスキイと『罪と罰』との関係について次のものが詳しい。糸川紘一「オドーエフスキイとドストエフスキイ」（「群馬工専紀要」一九八七、露文）。〈死と再生〉という民衆のカーニバルを貫通する世界感覚についてはバフチン『フランソワ・ラブレーと中世民衆文化』（川端香男里訳、せりか書房）を参照。

Ⅶ　カタログ式西欧旅行案内

西欧の旅

ドストエフスキイは前後八回の西欧旅行を経験している。

1. 一八六二年六〜九月。初めての西欧諸国を駆け足で通り過ぎている。ロンドンには八日、パリに一か月滞在。紀行として『冬に書く夏の印象』(一八六三)がある。
2. 一八六三年八〜一〇月。病床の妻マリアをロシアに残して、アポリナーリア(後述)を追ってパリにおもむき、ともにイタリアを旅行。
3. 一八六五年七〜一〇月。アポリナーリアとの旅行。おもにウィスバーデン滞在。帰国の船上で『罪と罰』創作メモを書く。
4. 一八六七年四月〜一八七一年七月。第二の妻アンナと四年間にわたって西欧各地を放浪。長く滞在したのはジュネーヴ、フィレンツェ、ドレスデン。
5. 一八七四年六〜八月。ドイツの保養地エムスでの療養。ジュネーヴに最初の子ソーニャの墓参に寄る。
6. 一八七五年五〜七月。同じくベルリンからエムスへ。
7. 一八七六年七〜八月。ベルリン経由でエムスへ。
8. 一八七九年七〜九月。同じくエムスで療養。

これらの西欧旅行の話題の中から興味深いテーマを選んでみよう(五〇音順)。

アイスクリーム

最近になってようやく解読され邦訳もされた『アンナの日記』は、観念的なあるいは抽象的な作家像ではなく、〈生活人〉ドストエフスキイの姿をこの上なく生き生きと伝えてくれる。これは第四回目の旅行の、一八六七年四月から一二月までの日常生活を毎日書き留めたもの。ビールやワインを飲み、絶え間なく煙草を吸い、煙草の買い置きがなくなると近所に出掛ける作家の姿がほほえましく書き留められている。

ドストエフスキイはアイスクリームが大好きで、アンナが食べないときでも自分だけよく注文している。ボーイの態度が悪いといっては叱り付け、料理がおいしければ機嫌がよかった。公園の射撃場では一〇発中九発を命中させる腕前を持っていた。これは軍隊時代の名残だろうか。

音楽

ロシア国内で人々はどんな音楽を聞いていたのだろうか。

プーシキンは『石の客』（一八三〇）をモーツァルトの『ドン・ジョバンニ』を下敷きにして書き、一八三二年には毒殺説を踏まえた『モーツァルトとサリエーリ』を書く。オドーエフスキイはベートーヴェンの死の直後に着想していた狂気の芸術家像をテーマに『ベートーヴェン最後のカルテット』を一八三一年に発表する。

ロシアの〈音楽小説〉の伝統のなかでドストエフスキイもまた一八四九年、未完に終わった長編『ネートチカ・ネズワーノワ』で、農民出身の才能豊かなヴァイオリニストが、おりしもペテルブルグに巡業にやってきたチェコの天才シュターミツの演奏に接して狂気におちいるという悲劇を描

アンナ

いていた（一九世紀のロシアには思いのほかたくさん音楽会が開かれ、西欧からの演奏家の巡業も多かった）。『未成年』では『ファウスト』のオペラ化を夢見る青年が登場する。ドストエフスキイと音楽との関わりは重要なテーマだ。

ツルゲーネフの『猟人日記』（一八四七～五二）のなかの「歌うたい」では田舎の居酒屋での農民同志の歌比べのありさまが詩情たっぷりに語られ、一八五九年の『貴族の巣』からはドイツ人の音楽教師のロシアでの暮らしぶりを知ることができる。この小説にはベートーヴェン、バッハ、ヘンデル、シュトラウス、ショパン、リストの名前がちりばめられている。

一八六〇年代に起こるダルゴムイシスキイや国民音楽派たちの音楽はどのように受け取られていたのだろう。ドストエフスキイはグリンカやセローフを好んだという。

さてヨーロッパでドストエフスキイが好んで聴いたのはモーツァルト、ベートーヴェン、メンデルスゾーン、ロッシーニで、ワーグナーは嫌いだった。

一八六七年六月五日ドレスデンの公園でモーツァルトのアンダンテ-カンタビレとメヌエット、アレグロに陶酔し、六月一七日にはベートーヴェンの交響曲第二番ニ長調に感動。バーデンへ移った六月二七日に聞いたロッシーニの「悲しみの聖母」にはいつも敬虔な面持ちで聴き入っていた。

国境

一八六七年一一月二八日、ジュネーヴ滞在中のドストエフスキイについて、皇帝官房第三課長官の陸軍少佐メーゼンツェフの秘密指令が出されている。オデッサ憲兵長官に宛てたもので、ドストエフスキイが外国から帰国した際には極めて厳重なチェックをすることを指令。もし必要ならば第三課に連行すること（「ロシアに政治的目的で入国しようとする者に関するオデッサ憲兵部文書」）。同様の指令は、ドストエフスキイが通過する可能性のある、あらゆる国境監視所に送られた。これに答えてオデッサでは厳重な検査をし疑いがあれば持ち物全部を没収して逮捕せよ、との文書が出されている。

ドストエフスキイはこの指令について一八六八年夏、匿名の手紙で知らされていたという。夫妻はヨーロッパの新しい都市に着くとロシア語図書を求めて本屋を探訪し、ロシア国内では発禁になっていた亡命者たちの雑誌「北極星」「コーロコル」などを読みあさっている。ジュネーヴではオガリョーフたち政治的亡命者たちとも交際があった。

一八七一年、ベルリンからの帰国に際して、ドストエフスキイ夫妻は国境での検査、没収に備えて、残っていた『白痴』『永遠の夫』などの原稿を焼き捨てた。それでもなお国境で特別に、長時間にわたる検査を受けた。

三人の女性

外国旅行はドストエフスキイと三人の女性との関係をあぶり出す。最初の妻マリア、愛人アポリナーリア、そして二番目の妻アンナである。

シベリアで兵役にある頃、ドストエフスキイは人妻であったマリア＝イサーエワと知り合う。彼女の夫の死後、一八五七年に二人は結婚する。マリアは息子パーヴェルを連れていた。二人の〈空想家〉の結婚は不幸なものだった。互いの猜疑心に苦しめられて、不和と口論が絶えない毎日。マリアはドストエフスキイの兄ミハイルとの折り合いもひどく悪かった。

一八六一年第九号の「時代」誌にアポリナーリアの短編小説『今はまだ』が掲載される。かつての農奴の家に生まれたアポリナーリアはペテルブルグ大学の講座を聴講する進歩的な女性。二人は一八六二年頃から親密になる。一八六三年八月一九日、すでに新しいイタリア人の恋人サルバドールと暮らしていたパリのアポリナーリアのもとにドストエフスキイが現れる。「部屋に入るとあの人はわたしの足元に身を投げ、すすり上げながら膝を抱きしめ、大声で泣き始めた。『ぼくはおまえを失ってしまった。それはよくわかっている。』少ししずまると彼について根掘り葉掘り聞き始めた。『きっと美男で若くって口がうまいんだろう。だがぼくのようなまごころに出合うことはないはずだ。』わたしは長いあいだ答える気がしなかった。」(アポリナーリアの日記から)

ちょうどこの頃のパリ発、義理の姉に宛てた金の無心の書簡の終わりで、ドストエフスキイは妻の様子を尋ね、マリアの病状を「心から心配している」と書いている。それも嘘ではなかったかもしれない。一八六四年四月一五日午後七時、マリアは死ぬ。この晩のメモでドストエフスキイは書いた——人は地上でキリストの教えのようには生きられない……(第Ⅲ章参照)。

第三回目、一八六五年のヨーロッパ旅行にアポリナーリアも途中から同行。二人の関係はもうず

「アシスとガラテア」　クロード＝ローラン筆

いぶんこじれてきている。旅行から帰った直後、一一月二日のアポリナーリアの日記――「きょうフョードルが来た。会っているあいだ絶えず私達は喧嘩しつづけ、対立していた。あの人はもうずっと前からプロポーズしていて、ただそのことで腹をたてている。私の性格をこんなふうに言った。おまえは結婚したらその二日後には憎み始め、夫を放り出してしまうにちがいない、と。」

一八六六年一〇月四日、アンナ＝グリゴーリエヴナが初めてドストエフスキイの家を訪れる。期限の迫っていた仕事『賭博者』を口述筆記するため。二六日後の一〇月二九日、『賭博者』完成。一一月八日にはプロポーズがあり、アンナは承諾する。こうして婚約者たちによる『罪と罰』の最終回分（第六章七、八節およびエピローグ。本書第Ⅵ章参照）の口述筆記が一一月、一二月まで続く。この小説の幕切れの処理に〈最初の読者アンナ〉のなんらかの影を見ることはいきすぎか？

一八六七年二月一五日、結婚式。亡くなった兄ミハイルの家族や先妻の子供たちを養う生活から逃れて四月一六日、西欧に出発。これから四年間の生活のなかで二人の結びつきは緊密なものとなる。

とはいえ旅の始めの頃のドストエフスキイのスーツケースにはアポリナーリアの手紙が何通もはいっていた。ときおり届くアポリナーリアの手紙はアンナをいらだたせる（『賭博者』のヒロインはアポリナーリアの手紙をモデルにしていると言われる。口述筆記したアンナはアポリナーリアがどのような女性だったかをよく知っていた）。ドストエフスキイからアポリナーリア宛に出された最後の手紙の日付は一八六七年五月五日。

アポリナーリアはこの後、一八六八年に女子寄宿学校を開校。一八八〇年文学者ローザノフと結婚したが、不幸な結末を迎える。

万国博覧会　一八六二年、ロンドンの第三回万国博覧会（五月一日〜一一月一日）に寄る。一八五一年のロンドン万国博覧会の時に建てられて評判になったパクストン設計のクリスタル－パレスはその後、ロンドン南の郊外シデナムの丘陵に移され、一八六二年にも呼び物になっていた。世界各国から押し寄せる人の波を目のあたりにして、これらの群集を集め統一してしまう恐ろしい力（シリアのバール神を想起している）を感じる。この力の前に人はおとなしい羊の群れになってしまい、白い着物を来た主（「ヨハネの黙示録」第七章一節）に、これはいつまで続くのか、と訴えているように見えた。近代文明に対する疑い、歴史の移行についての黙示録ヴィジョ

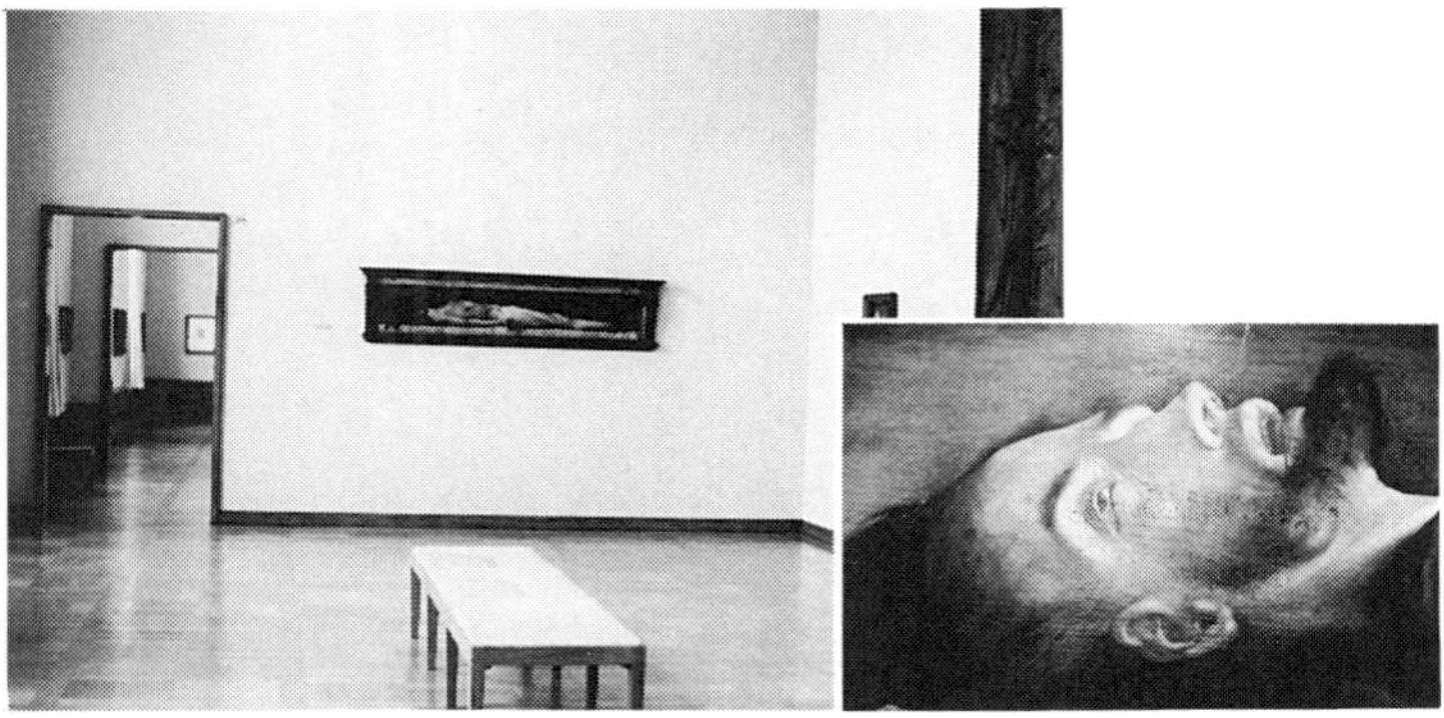

ホルバイン「墓の中のキリストの遺体」とその部分（右）

ンはここで実感されている。

いっぽう同じ万国博を見た福沢諭吉はあくまでも対照的に、テクノロジーの発展に感動し、緻密な観察を行っている。非西欧圏の二つの国の置かれた状況と文化的背景とを象徴的に語ることがらだ（『西航記』参照）。

ところでドストエフスキイのこの最初の旅行の動機にはじめから万国博訪問が含まれていたのかどうか。ロシア知識人のうち誰々がこれを見ているか。

同じ一八六二年の旅行でロンドンのヘイ-マーケットを訪れるが、ドストエフスキイはここでも、闇にひしめきあう男と女たちの光景を終末感覚をもって受けとめている（『夏の印象』）。

美術館

ドストエフスキイとアンナはあらゆる都市で美術館に足を止める。ドストエフスキイ作品にとって絵画のヴィジョンは（具体的なモチーフという点では）音楽よりも重要な役割を果たす。

◎ドレスデン

ラファエル「サン-シスト聖母」、ホルバイン「聖母」、ムリリョ「聖母子像」ティツィアーノ「金を貢ぐキリスト」、カラッチ「救世主」

なかでもクロード＝ローランの「アシスとガラテア」など風景画全部を〈黄金時代〉と呼んで好んだ。〈自然回帰型のユートピア〉（第Ⅲ章）を表現する方法として『悪霊』や『未成年』などにモチーフが使われている。

◎バーゼル

ホルバイン「死の舞踏」「墓の中のキリストの遺体」

『白痴』のイッポリート、ロゴージン、ムィシキンをつなぐ〈向こう側〉のイメージとして使われる。自然の力によって失われる聖性を克明に描いている、とドストエフスキイは感じる。

◎フィレンツェ

ギベルティ「天国の門」、クレオメネス「メディチのヴィナス」、ラファエル「荒野のヨハネ」「小椅子の聖母」、サンタ-マリア-デル-フィオーレ大聖堂

一八六二年に旅行した時にストラーホフとウフィツィ美術館に行ったが、退屈してすぐに出てしまった。一八六八年、アンナと訪れた時にはラファエルの前に長くたたずみ、クレオメネスを天才的と評価している。心境の変化の理由は？

◎ボローニャ

ラファエル「聖チェチリア」

汽車の時間が迫っているのでこの絵から引き離すのに苦労した、とアンナは回想する。
◎ヴェネチア
サン - マルコ寺院のモザイクに感動。夜も昼もサン - マルコ広場から離れられない。
◎ベルリン
一八七四年に王室博物館にカウルバッハを見に行く。

ルーレット

当時ロシアではカジノは許されていなかったのだろうか。

一八六二年のヨーロッパ旅行ではルーレットに熱中した形跡はない。作家の記録に賭博が頻繁に現れるようになるのはアポリナーリアを追って行った第二回目の旅行以後である。あらゆる知人への数限りない借金依頼の手紙の洪水。ルーレット法則発見への意志。この異常な熱中は何によって説明されるのだろう。フロイト流の〈父殺しの自己処罰〉、あるいは〈てんかん者の欲求〉？　アンナは賭博を創作のインスピレーションの源泉と考え、『白痴』執筆にゆきづまった夫にルーレットを勧めさえしている。一八七一年四月、帰国の見通しが立たず、がっかりしている夫をアンナはウィスバーデンに送り出す。これが作家の最後の賭博だった。モンテカルロなどではまだ可能だったにもかかわらず、これ以後はぷっつりと止めてしまった。

ロシア発見の旅

ヨーロッパは魔術的な、呼び招くような印象をロシア人に与えてきた、とドストエフスキイは言う（『夏の印象』）。ロシアとヨーロッパとの二つの祖国を持ってきた。だがヨーロッパは今や墓場だ（『未成年』）。近代文明への幻滅はロマン主義の指標だが、この時ドストエフスキイは再生の展望に立って〈ロシア〉を呼ぶ。だが〈ロシア〉とは？

西欧に身をおく時、それは思想というよりも夫婦に共通の実感だった。ドレスデンからアンナはマイコフに宛てて書いている――「ああ、わたしたちはどんなにロシアに帰りたいことか。ここの暮らしにあるのはただ苦しいばかりの郷愁だけ……。こうして絶え間なくさすらい続ける、わが家をもたない暮らしにはほんとうにうんざりです。もしようやく国に帰ってどこかに落ち着くことができたら、その時はもうなんといわれようと、どこに行こうと誘われたって、わたしはロシアを離れないでしょう。」

〈ロシアの必要性〉については、ドストエフスキイのマイコフ宛一八六七年八月一三日付、一八六九年五月一五日付書簡などにも痛切な訴えが残されている。

ロシアから送られてくる新聞「モスクワ通報」と「声」は毎日、最後の一行まで注意深く読んだ。「ペテルブルグ通報」もよく読んだ。雑誌は「ロシア報知」と「あけぼの」をいつも受け取っていた。

彼らの目には海外に暮らすロシア人たちは本当のロシア人ではなかった。移民であり、ロシアを愛していない。こうしてこの夫婦は、帰国したら債務監獄に入れられると恐れてさすらい、しかし焼きつくような望郷の心を抱き、知人を作らず、孤立した四年間を過ごした。四年間の放浪は内なるロシアの発見の旅でもあった。

Ⅷ

『悪霊』
——レールモントフとニーチェを結ぶもの

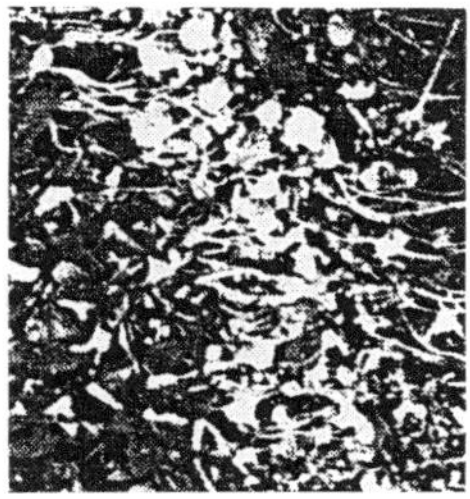

イワーノフ謀殺

氷結した池のなかに

「昨年、一一月二五日、ペトローフスキイ農業大学内の庭園のはずれを通りかかった二人の農民が、築山横の休息所の入口近くに、帽子や防寒頭巾、棍棒などが散乱しているのを発見した。休息所からは池の端までまっすぐに血痕が続いており、氷結した池のなかに、黒いベルトを締め、防寒頭巾をかぶった姿で死体が見えた。同じ場所には紐で結ばれた二つの煉瓦と、紐のきれはしも発見された。」（『モスクワ通報』一八六九年一一月二七日付）

これが小説『悪霊』の着想のもとになった事件の第一報であった。ドストエフスキイはこの記事をドレスデンで読んでいると思われる。

殺人事件は一八六九年一一月二一日に起こった。一一月二九日付の同紙は続報を掲載する――

「被害者の身元が割れた。ペトローフスキイ農業大学生イワン＝イワーノヴィチ＝イワーノフである。被害者の金や時計などには手が付けられておらず、散乱していた帽子、頭布はイワーノフの所有物ではないことが判明。死体の両足は頭布で縛られていたが、この頭布は彼が大学の友人から借りた物だという。首はマフラーでぐるぐる巻きにされ、端には煉瓦が結びつけられていた。額には鋭利な刃物によると思われる損傷がある。」

事件の首謀者として、ネチャーエフの名前があがるのはようやくひと月もたった一二月二五日で、一二月三〇、三一日、一八七〇年一月三日と、ネチャーエフ逮捕の誤報が流れては訂正される。すでに一二月半ば、ネチャーエフはドイツに逃亡、一月にはジュネーヴに到着している。

ネチャーエフ

革命家のエネルギー

ネチャーエフは一八四七年生まれ。父親はペンキ屋をやったり、カフェのボーイをやったりしていたらしい。一四歳の頃から工場のメッセンジャーボーイとして働き始める。一八六六年にペテルブルグへ出て教員試験にパス、アンドレーエフ学校の教師となる。一八六八年秋、ペテルブルグ大学の聴講生となって急進的な学生サークルに接近、一八六九年の学生運動では活動家として活躍する。その後、受難者としての栄光を背負ってスイスに脱出（ドストエフスキイ夫婦はこの前年の五月にジュネーヴから去っている）。ここでバクーニンやオガリョーフと会見し、亡命者たちは若い革命家のエネルギーと情熱に魅了される。バクーニンはネチャーエフをとおしてロシア内部に彼の理想を実現してくれる革命組織を作ることを夢見た。「本状を携行せし者は、全世界革命連合ロシア支部の代表者の一人である。一八六九年五月一五日、ミハイル＝バクーニン」――これがネチャーエフの得た信任状である。

バクーニンの後ろ盾と、ジュネーヴの亡命者との親密な関係（じつはたとえばゲルツェンとは面識がなかった）を背景として、ネチャーエフはモスクワに戻り、おもにペトローフスキイ農業大学の学生を中心にいくつかの五人組組織を作った。この三〇人ほどのグループを彼は〈人民による制裁〉と名づけた。

組織の論理

〈人民による制裁〉のプログラム、組織原理などは、バクーニンの強い影響のもとにネチャーエフによって書かれた「革命家の教義問答」に示されている。

「我々の事業は恐怖に満ちた、完全な、全地球規模の、容赦ない破壊である。」

「メンバーはおのおのの下に存在する第二等級、第三等級の革命家たちを指導する。これらの等級にはすべての情報が与えられるわけではない。革命家は彼らを管理下に置き、共有の革命的資本とみなし、この資本をつねに最大利益を上げるべく努めながら経済的に運用しなければならない。」

「個人的感情ではなく、革命事業上の利益こそが、革命家が同志に対してもつ関係の唯一の尺度である。」

「革命家はありとあらゆる場所へ侵入しなければならない。下層、中流の人々、店のベンチ、教会、旦那衆の家庭、官僚の世界、軍隊、文学者、秘密警察の第三課、そして皇帝のいる冬宮にまで。」

ネチャーエフの目指す組織は不平等な、厳格な身分制に基づいたものだった。彼の独裁は内部に不和、衝突を生む。イワーノフは彼の欺瞞を見抜き、別の組織を作ろうとしたらしい。口封じのための殺人はこうして起こった。

やがて一八七二年、ネチャーエフはジュネーヴでロシア秘密警察第三課によってつかまり、スイス政府からロシアへと引き渡された。

一八七三年一月八日、モスクワ地方裁判所はネチャーエフにすべての権利の剝奪、二〇年間の懲役、鉱山での労働、シベリアへの永久追放を言い渡す。この後ネチャーエフの身柄はペトロパヴロフスク要塞監獄のアレクセイ半月堡に移されるが、不屈の革命家はここの看守たちに宣伝活動を続け、彼らを組織化して逃亡の手筈まで整えさせている。この事件の逮捕者は六九八人を数えるともいう。

未遂に終わった脱獄計画の後に行われた厳しい監視のなかでネチャーエフの健康は急速に衰え、一八八二年一一月二一日、全身水腫と壊血病により死亡。わずか三五歳だった。

父の世代がニヒリストを生んだ

『白痴』を完成したドストエフスキイは一八六九年前後にいくつかの小説の構想をノートに書き留めている。『無神論』『大罪人の生涯』『カルトゥーゾフ』『詩人の死』『羨望』……。

のちの『悪霊』となる小説のプランが浮かんだのは一八七〇年初頭、ネチャーエフ事件の報道が続いた時期のことと考えられる。この年の二月までにはストーリーはかなりのところまで成立していた。完成稿の人物配置を対照させながら読み解くと——

父または叔父（スチェパン、一八四〇年代の自由主義者、理想主義者）は古い友達の公爵夫人（ワルワーラ）のところに寄宿している。そこへ学生ニヒリスト（ピョートル）がやって来る。学生はたちまちこの都会（トヴェーリが舞台とされる）の社交界の人気者となるが、いっぽうで彼はニヒリストのサークルを組織し、破壊工作に着手する。これをシャーポシニコフ（シャートフ）が知り、密告しようとする。

シャートフ殺しの政治的陰謀は恋愛事件と複雑にもつれ合う。公爵（スタヴローギン）は公爵夫人の養女（ダーリア）およびシャートフの妹または許婚の名誉を傷つけ、捨て去る。公爵とシャートフは憎み合う。この憎悪を学生はうまうまと煽動へと利用。秘密を暴露しようとするシャートフを殺し、その罪を公爵に着せる。傍系の恋愛。公爵と美女（リーザ）と学生。思慮の浅いわがままな美女は公爵の許婚でありながら学生に夢中になる。

公爵によるシャートフ平手打ち、またはシャートフによる公爵平手打ちが着想される。

この段階の基本的な枠組を構成しているのは、ツルゲーネフの『父たちと子供たち』（一八六二）で示された二つの世代間の関係の物語だ。時評家ドストエフスキイによれば六〇年代のニヒリストたちを生んだのは、遠くはピョートル大帝であり、また一八四〇年代の西欧派、自由主義者たちだった。

こんどの創作過程の転換点は意外にはやく来た。

公爵とは何者か

三月には〈父と子〉を枠組としたリベラリズムやニヒリズム批判の政治的パンフレットは不満になる。この頃すでに、夏の決定的変更を用意するメモが書かれている。

「主人公は公爵。彼とシャートフは折り合いがつく。情熱的といえるほどに燃え上がらせるが、自分では信じていない。倦怠をもってあらゆることを眺め、シャートフ殺害を知りながら無関心。重要なこと。課題が残っている。彼はシャートフとほんとうに真剣に話したのか、燃え上がったのか。シャートフは活動することを勧める。公爵は懐疑的に耳を傾け、言う。信じない。ぼくはただこんな風だ。このことについてシャートフに手紙まで書く。」

さらに六月二三日のメモ。

「常に念頭に置くべきこと。公爵は解放されている。悪魔のように恐ろしい欲情が崇高な行為と争っている。ここに不信と、信仰ゆえの苦しみとがある。崇高な行為が打ち勝つとき、信仰が上位を占める。だが悪魔たちもまた信じ、見え隠れする。『もう遅い』――公爵は言ってウリ州へ逃亡、それから首を吊る。」

八月には「スタヴローギンがすべてだ」と書かれ、一〇月には最初の原稿がカトコーフ宛に送られている。

「このニコライ＝スタヴローギンは別の人間です。やはり陰欝で悪意に満ちています。しかし思うに、これは悲劇的な人物です。たぶん読み終えて多くの人々が『これはいったいなんだ？』と言うに違いないとしても。このポエマを進め、この人物を書いているというのも、あまりに長いあいだ、彼を描きたかったからです。これは自分の心のなかから取り出したのです。」（一八七〇年一〇月八日、カトコーフ宛書簡）

この翌日、ストラーホフに宛てた書簡で、ドストエフスキイは書いている。一八六九年一二月のプランは自分でも不自然だと思っていた。それからインスピレーションが訪れ、それまで書いていたものを消しにかかった。夏になって本当の主人公が現れ、それまでの人物を押し退けてしまった。生きた人間、新しい人物像が作りだせるのではないか、と思ういっぽう、不安を感じてもいる。

「こうして今、『ロシア報知』にいちばん最初の原稿を送ってしまってから、わたしは急におびえあがってしまっています。力に合わないテーマを選んでしまったのではないか。」（一〇月九日付、ストラーホフ宛書簡）

ロシアのファウストたち

ファウストという制度

じっさい、〈新しい主人公〉スタヴローギンとは何者だろうか。スタヴローギン造形のもとになった人物としてはこれまで、多くの実在の、また文学作品の人物が指摘されてきている。バクーニン説、またペトラシェフスキイ会時代の知人スペシネフ説、シベリア懲役時代に知った『〈死の家〉の記録』の強烈な個性ペトローフが原型だとするもの。デカブリストのルーニンとの関連。文学ではシェイクスピア『ヘンリー四世』のハリイ王子、ディケンズ『デイヴィド・コパーフィールド』のなかのスティアフォースなど。

たとえばウォルインスキイの言うように、小説全体は再び黙示録イメージのなかに置かれており、スタヴローギンとピョートルは二匹の獣であるかもしれない。聖書ヴィジョンによってロシアはエピグラフの悪鬼たちに取り憑かれた豚のごとくに破滅へむかうのであるかもしれない。

しかしどうやら、この小説の人物の構造を支えているのはゲーテの『ファウスト』であるように見える。そのことは世紀末のシンボリスト、ヴャチェスラフ＝イワーノフによって次のように言われている。

「大地の魂と、人間の果敢で自己始源的な〈我〉と、そして悪の力、これらの相互関係の象徴化の上に小説を構成するにあたって、ドストエフスキイが、すでに世界文学に存在し、シンボリックな構成の点で同様な神話の描写をふりかえることになったことは自然だろう。ゲーテの『ファウスト』の神話がそれである。足萎えの女はグレートヒェンの位置を占める。グレートヒェンは悲劇第二部から明らかなようにヘレナと、そして母なる大地と同一化されている。ニコライ＝スタヴローギンはロシアの否定的なファウストである。否定的である、というのも、彼の内部には愛が消え失せており、愛とともに、ファウストを救った不屈の志向もまた消え失せているからである。メフィストフェレスの役割を担うのはピョートル＝ヴェルホヴェーンスキイである。彼は重要な瞬間にはいつも決まって原型のもっていた渋面を作って、スタヴローギンの背後から顔をのぞかせる。グレートヒェンと栄光の聖母との関係は足萎えの女と聖母の関係と同様。スタヴローギンが部屋に姿を現した時に見せる足萎えの女の恐怖は、牢獄のマルガレーテの狂気の場面に予示されていたものにほかならない。彼女が語るおさな児の幻影は、ゲーテのグレートヒェンの熱に浮かれた回想とほとんど同じだ。」(「『悪霊』の神話的基礎」「ドストエーフスキイ研究Ⅰ」海燕書房)。

ロシアの否定的なファウストたち　小説を神話的基礎の上に構成するにあたってドストエフスキイが振り返ったのはゲーテの『ファウスト』だけではなかった。ロシア近代文学にはこの時までに〈ファウストｰストーリー〉の伝統が根付いており、『悪霊』で『ファウスト』が原型として想起されることはけっして唐突ではなかった。いま、象徴的構成上のパターンを取り出すとすればこんなふうになるだろうか。

男性（退屈する反抗者）――誘惑→
悪魔メフィストフェレス　　罪／狂気
←救済――女性（柔和で恭順な存在）
大地／聖母

以下に、このような構成をもつロシア文学の代表的な作品をあげよう。ここでもまた、早い時期の作品をして挙げられるのはプーシキンのものである。

①プーシキン『エウゲーニイ・オネーギン』（一八三〇年完成）

ヒロインのタチアナが見る悪夢は〈ワルプルギスの夜〉を下敷きにしたもの。タチアナはこの時、グレートヒェンの運命を予感し、これを拒否する、と読めるか。

②プーシキン『スペードの女王』（一八三三）

ゲルマンは横顔はナポレオン、心はメフィストフェレス、と評される。

（プーシキンには一八二三年に詩「デーモン」、一八二八年の戯曲「『ファウスト』の一場面」があり、いずれもファウストの〈退屈〉を伝える）

③レールモントフ『現代の英雄』（一八四〇）

ペチョーリンが令嬢メリーを誘惑するきっかけとなったのはメフィストフェレスを思わせる黒

『悪霊』の原稿

服の医者ウェルネルとの会話だった。

④レールモントフ『デーモン』（一八四一）

メフィストフェレスによるタマーラの誘惑。彼女の魂は天使によって運ばれる。

⑤オドーエフスキイ『ロシアの夜』（一八四三）

黒い猫を飼う学問好きの男がファウストと仇名される。

⑥ツルゲーネフ『パラーシャ』（一八四三）

『オネーギン』を下敷きに、ドイツの悪魔の誘惑と対比する。

⑦ツルゲーネフ『ファウスト』（一八五六）

主人公Bによって誘惑され狂気に落ちるヴェーラの物語。

⑧A・K・トルストイ『ドン・ジュアン』（一八六二）

グラッベに見られるように、ファウストとドン＝ジュアンとは共通の要素をもつ近代精神の物語である。トルストイのファウストには真理探求のパトスはなく、〈永遠に女性的なるもの〉への憧れが強く響いている。

一九世紀ロシアの〈退屈する〉ファウストたちにはゲーテに見られるような〈努力／建設〉とい

うモチーフがおおむね欠けている。レールモントフのペチョーリンの手記と、スタヴローギンのダーシャ宛の手紙のあいだに強い共通性が感じられるのも、偶然ではなく、また二つの作品のあいだだけの〈影響〉の問題でもない。

ペチョーリンは書く――

「記憶のなかで過去のすべてを駆け過ぎ、思わず自問してしまう。なんのためにわたしは生きたのか。どんな目的のためにわたしは生まれたのか。目的が存在したことはたしかだ。わたしの使命が高尚なものだったことも。なぜならわたしは心に無限の力を感じるのだから。だがわたしは使命を見出すことができなかった。〈……〉われわれはもはや人類の福祉のためにも、自分自身のためにさえ大きな犠牲を払うことさえできない。なぜならわれわれは幸福のありえないことを知って、無関心に、疑いから疑いへと移ってゆくばかりだから。」

スタヴローギンの手紙――

「至るところで自分の力を試してみた。〈……〉力は、自分自身のため、また人に見せるために行った試験のたびごとに、いつもそうだったように無限だった。〈……〉しかし力を何に使ったらよいのか、これがついに分からなかったし、いまも分からない。〈……〉わたしからはただひとつ、否定のみが流出した。寛大さもいかなる力もない否定。いや、それさえ流出しなかった。すべてがいつもちっぽけで、いじけたものだった。」

ニヒリズムは一八三〇年代には〈退屈〉という感情に過ぎなかった。この『悪霊』という小説の構造のなかで〈退屈〉は、可能なあらゆる〈世界解釈〉に対して置かれている。その解釈とは、〈土地主義者〉シャートフの語るロシア民族の歴史的使命であり、四〇年代のフォイエルバッハ主義に源泉を持つと言われるキリーロフの人神思想であり、ピョートルの破壊‐革命の思想である。

『悪霊』の境界線はスタヴローギンの周囲にめぐらされている。小説の中央に消失点が置かれ、副主人公たちはこのまわりに配置される。登場人物たちはイデオローグであり、つまり〈世界〉について自分に語って聞かせるストーリーを、あるいはスタヴローギンから与えられて保持する。スタヴローギンだけがストーリーを持たないままに、澄み切った無私の眼差しを〈目的／意味〉と〈統一〉と〈真理〉の欠如する世界に向ける。彼は自殺さえ虚偽であることを知っている。

ニーチェの『悪霊』からの抜き書きについて

一九七〇年グロイター版　「力を何に使ったらよいのか」――スタヴローギンのダーシャ宛の手紙のちょうどいまの部分を、ニーチェは書き抜いている。それは一八八七年一一月から一八八八年三月のノートにおいて。ドストエフスキイの死後六年が経過し、ニーチェ自身は四三歳になっている。

現在明らかになっているかぎり、ニーチェは一八八七年二月以降にドストエフスキイの作品に出会っている。ドストエフスキイへの言及の見られる書簡は一八八七年二月一二日、二三日、三月七日、二七日、五月一二日、一三日、一八八八年一〇月二〇日、一一月二〇日付のものなど。ニーチェが読んだことが確認されるドストエフスキイ作品は『地下室の手記』（第一部が「カーチャ」と題された『主婦』、第二部が「リーザ」と題された『地下室の手記』抜粋という特殊なもの）、『〈死の家〉の記録』、『虐げられた人々』、そして『悪霊』があり、このほか『白痴』と『罪と罰』を読んだだろうと推測されている。

ドストエフスキイとニーチェとの関係はシェストフの『虚無よりの創造』（一九〇三）以来、いわゆる〈超人〉の概念を中心に、語り尽くされたかの感があったが、一九七〇年以後、研究の新しい段階にはいることになった。すなわちこの年に刊行されたグロイター版ニーチェ全集において初めて、ニーチェの『悪霊』からの抜き書きが存在することが明らかにされたのである。これによって、両者の関係、ニーチェの思想形成におけるドストエフスキイの意味を具体的かつ学問的に研究する可能性が開かれた。この時期はニーチェの『権力への意志』と『アンチクリスト』へ向かう多くのメモの書かれた時期にほかならない。

『悪霊』のプロットは書き抜かれない　ニーチェは、一八八六年にパリで出版されたばかりのフランス語訳『悪霊』からドイツ語で抜き書きしており、ときおりフランス語の表現が残されている。抜き書きは、この頃使っていたノートの三八ページから五〇ページまでの一三ページにわたる。

書き抜き冒頭には、フランス語訳『悪霊』に付けられていたロシア音での原題フランス語表記が書き移され、すぐに続いて「だれもとがめだてしない」「わたしの望みにはわたしを導いていくだけの力がない」に始まってスタヴローギンのダーシャ宛の手紙から一二ヵ所が書き抜かれている。次のメモ「ニヒリストの心理学のために」はゲーテの『ウィルヘルム・マイスター』の一部。それからしばらくはキリーロフによる自殺論が書かれる。ニーチェはこれを「ドストエフスキイにおけるキリーロフの古典的公式」と規定している。

「ニヒリズムのはじまり

郷土との分離、断絶
故郷喪失感ではじまり
薄気味悪さで終わる」

とのニーチェの見取りはドストエフスキイの文学にとっても本質的な性格づけのように思われる。キリーロフの〈五秒か六秒の永久的調和の実現〉の実感が書き抜かれたのち、「ローマは悪魔の第三の誘惑に屈したキリストなる者を宣教した。すなわち、キリストは地上の王国なしではやっていけないのだと説明し、まさにそう説明することで反キリストを宣言したのである……」と書かれる。ニーチェ研究にとって重要だろう。

次に続くいくつかのメモはピョートルの暴動論と犯罪者の連帯論である。「わたしはニヒリストです、しかし美を愛しています。ニヒリストは美を愛さないものでしょうか？……われわれは破壊を宣教するでしょう。」

最後のグループは〈国民の属性としての神〉を語るシャートフのロシア論だ。

抜き書きの性格はきわめてはっきりしたものである。ここには小説『悪霊』のストーリー、プロットに関するものはまったく見られない。ニーチェの興味を引いたのはスタヴローギン、キリーロフ、ピョートル、そしてシャートフという四人のイデオローグたちの自己分析、〈世界解釈〉だけだった。

どこまで無意味な世界のうちで生き耐えられるか　ニーチェの抜き書きは、『権力への意志』と『アンチクリスト』のメモとならんで行われた。これらの成立にドストエフスキイの著者がどんな役割を果たしたのかはニーチェ研究の課題だ。同じ頃ニーチェはボードレール死後出版の作品集、ゴンクール兄弟の日記、ルナンの『キリストの生涯』、そしてトルストイの『我が宗教』を読んでいる。

ここでは、ドストエフスキイの作品を読み解いてきた立場から、〈ストーリー〉をめぐって簡単な見通しを提出しておこう。

『権力への意志』の最初の文章の一つに「ニヒリズムとは何を意味するのか？　——至高の諸価値がその価値を剝奪されるということ。目標が欠けている。『何のために？』への答えが欠けている」とある。ここに『悪霊』とニーチェをつなぐ共通のテーマあるいは感覚があるように思われる。さらにつづいてニーチェは「宇宙論的諸価値の崩落」と題して、〈目的／意味〉〈統一〉〈真理〉を検討し、世界は「これら三つの範疇ではもはや解釈されえないということ」を分析する。「生成でもっては何ものもめざされておらず、何ものも達成されない。」

そして少し先にニーチェは永遠回帰を語る——「私たちはこの思想をその最も怖るべき形式で考えてみよう。すなわち、意味や目標はないが、しかし無のうちへの一つの終局をもたずに不可避的に回帰しつつあるところの、あるがままの生存、すなわち『永遠回帰』。これがニヒリズムの極限的形式である、すなわち、無（『無意味なもの』）が永遠に！」「どこまで事物のうちの意味なしでいられうるか、どこまで無意味な世界のうちで生き耐えられるかが、意志力の測度器である。」

こうしたニーチェの言葉はたしかにドストエフスキイの存在の感覚に通ずるものであるようだ。『悪霊』のフィナーレにおいてなぜスタヴローギンを自殺させたのだろうか。この結末はドストエフスキイの側の〈寛容〉であるように見える。ストーリーという〈世界解釈〉への寛容。この作家はニーチェと同様に、〈生成の場〉、ストーリーの〈消失点〉に生きた。「始めもなければ終わりもない巨大な力、増大することもなければ減少することもなく、消耗するのではなくて転変するのみの、全体としてはその大きさを変ずることのない青銅のごとくに確固とした力の量」を知り、「永遠に回帰せざるをえないものとして、いかなる飽満《ほうまん》をも、いかなる倦怠をも、いかなる疲労をも知らない生成として、自己自身を祝福しつつあるもの」の名前を語ったように見える。

＊ドストエフスキイとニーチェの関係については次のものが研究的である。川原栄峰「ニーチェの『ニヒリズム』という用語についての覚え書き」（「フィロソフィア」六二号）、ニーチェによる『悪霊』抜き書きテクスト邦訳は『ニーチェ全集』（白水社、一〇巻、清水本裕・西江秀三訳）を使用。『権力への意志』は理想社版全集第八巻（原佑訳）による。

Ⅸ

ジャーナリストとドストエフスキイ

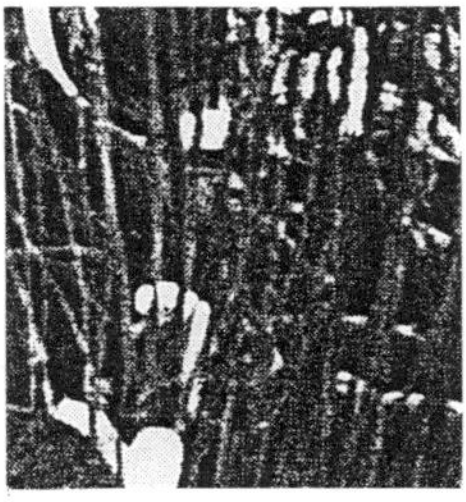

校正係の見たドストエフスキイ

『悪霊』を書き上げたドストエフスキイは疲れ果て、迷っていた。次の長編（『未成年』）への意欲が生まれるのは少し先のことだ。

週刊誌「市民」

アンナの『回想』によれば、月刊の雑誌を発行したいというアイディアは、まだ外国にいるあいだに芽生えたものらしい。「心に浮かぶ希望や疑いを可能なかぎり読者と分かち合う」こと。だがこの事業にかかるについて、経済的な裏付けはまだなかった。ちょうどそんな時、メシチェールスキイ公爵からの申し入れが飛び込んできた。ほんの一年ほど前に発刊され、いっこうに評判の上がらない保守的な週刊誌「市民」の編集長のポストである。相次いだ社会改革に終止符を打とうとするメシチェールスキイの方針に嫌気がさしてか、前の編集長グラドーフスキイはさっさと辞めていた。ポベドノースツェフ、マイコフ、フィリポフ、ストラーホフ、ポレーツキイ、ベローフといった面々の寄る編集部はかなりうさんくさい。とはいえ、ロシア古来の文化にひかれるドストエフスキイが「彼らと共に働くことに魅力を感じていた」というアンナの観察も、まったくの見当外れではないだろう。

そのかわり俸給は良かった。連載する『作家の日記』（「声」紙に載った予告では、この評論には最初『文学者の日記』との題名が用意されていたらしい）や政治論文の原稿料とは別に、編集長の仕事に対して年間三千ルーブル、いろいろ合せてこの年の収入は五千ルーブルに達した。これがどんなに破格な額であるかは、ある出版社から申し入れのあった『悪霊』単行本の印税案と比べて見れば分かる。こちらは全部で五百ルーブル、しかも二年に分けて払う、というものだった（これもまたひどい申し入れではあった。若い頃から自作を自分で出版したいという夢をもっていたドストエフスキイは、アンナ夫人の協力を得て、一八七三年一月二二日にようやく『悪霊』の自費出版を実現する。定価三ルーブル五〇カペイカで三千五百部刷った。アンナによる自費出版は作家の死後も続く）。

編集長着任

一八七二年一二月二〇日、日曜日の晩のこと、外は吹雪だった。「市民」の校正係ワルワーラ＝チモフェーエワは死のような静けさのなかで雑誌論文の校正を続けていた。本当は校正どころではなかった。彼女の母は苦しい闘病のすえ、ちょうどこの夜に亡くなる。よそよそしい都会ペテルブルグにワルワーラはたった一人で取り残されてしまう。その時、入口のベルが静かに、遠慮がちに鳴った。印刷所長のトランシェリに伴われて部屋に入ってきたのは、毛皮外套を着た、背の高くない男だった。

「それは非常に蒼白い、病的なまでに土気色の顔をした、もう若くない、ひどく疲れた、でなければ、病んだ人でした。陰気な、へとへとになった顔は、異常にものいいたげな陰影に被われています。それは筋肉を動かすまいとする緊張し切った抑制からくるもののように見えました。顔の筋肉の一本ずつが、こけた頬、広く高い額が、感情と思想の霊感を帯びていました。この感情と思想とは表に出ようと抑え難くあらがっているけれど、貧弱なわりにがっしりとした、肩幅の広い、静かで陰欝なこの人の鉄の意志がそれを押しとどめている。全身に錠前でもおろしてあるようで、どんな動きも身振りもなく、ただ薄い、血の気のない唇が話すたびに痙攣《けいれん》する。最初の印象はひとくちに言って、なぜか子供の頃によく見かけた、〈降格された兵隊〉を思わせたのです。牢獄と病院、〈農奴制〉の時代にあったさまざまな〈恐怖〉を……」

トランシェリに送り出されるドストエフスキイは奇妙な歩き方をしていた――「彼はゆっくりと歩いていました。規則正しく、歩幅を小さくして。体重を一歩ずつ移してゆく様子は、まるで足枷をはめられている懲役人そっくりの歩き方だったのです。」

ドアを閉めたトランシェリは振り向いてこう言った。「あれが『市民』の新しい編集長さ。よくご存じのドストエフスキイ！　なんと腐り切っていることか。」

トランシェリは露骨に嫌そうなしかめつらをしてみせる。

ワルワーラの手記

ワラワーラ＝チモフェーエワ（一八五〇～一九三一）の回想「著名な作家とともに働いた一年」は雑誌「歴史報知」の一九〇四年二月号に掲載されている。彼女はこの一八七三年、保守的な「市民」誌の校正係によって生計を立てるかたわら、進歩的陣営の風刺週刊誌「火花」の雑報欄を担当している。作家になることを夢見て、一八七八年に最初の中編小説『理想主義の女性』を発表。その後も長編小説や回想を書いた。チモフェーエワは一九〇〇年に結婚して田舎に住むが、幸福を得ることが出来ず、孤独と無為のなかに日々を過ごす。そうした生活は、この頃に書かれたドストエフスキイについての回想に反映しているようだ。

回想は三〇年後に書かれていたものとはいえ、そこここに一八七三年に書き残したメモを参照していることが伺われて、一八七〇年代後半のドストエフスキイの様子、社会のなかの彼のイメージを生き生きと伝えてくれる。若い頃の彼女にとって、ドストエフスキイは『貧しき人々』、『〈死の家〉の記録』、『ラスコーリニコフ』『白痴』を書いた本当の作家であり、「彼の来訪とともに奇跡がおこり、そのあとでは新しい、これまでとは違う何かが起こる」ようにさえ思われた。

『悪霊』の作者へのカリカチュア

チモフェーエワによれば『悪霊』発表後のドストエフスキイは、自由主義的な文学サークルや学生グループのあいだではあっさりと〈堕落分子〉と呼ばれ、もう少しデリケートな表現では〈神秘主義者〉〈アブノーマル〉(当時はこの二つの表現は同じ意味で使われた)と呼ばれていたのである。ちょうどネチャーエフ裁判の終わった直後のこと、弁護士たちの演説を新聞で読んだばかりの若者たちにとって、『悪霊』は醜悪なカリカチュア、神秘主義のエクスタシーと異常神経が生んだ悪夢として映った。さらに雑誌「市民」の編集を引き受けたことは、以前からのドストエフスキイ－ファンや古い友人たちを最終的に離反させることになった。

一八七三年になって、チモフェーエワは正式に紹介される。

「ドストエフスキイ氏は立ち上がって、軽く頭を下げ、黙って手を差し出しました。その手は冷たく乾いていて、まるで死人の手のようでした。それればかりかこの日の彼のあらゆるものが死人を思わせたのです。生気のないのろのろとした動作、響きのない声、光の失せた目は二つの動かない点のようにわたしに向けられていました。」

ドストエフスキイはこの日、一時間ほど校正の仕事をしていったが、そのあいだじゅうことりとも音を立てず、彼のペンさえ紙の上で静かに動いた。チモフェーエワは怯え上がってしまう。

ウィーンハットと絹の傘　こうして一八七四年春にいたる編集者の仕事が始まった。ドストエフスキイは週の終わりや日曜日の晩の八時頃に印刷所にやってくると二時間から三時間、校正を見て行く。時には仕事が明け方までかかることもあった。チモフェーエワは文法に従って手を入れようとするが、ドストエフスキイはいらだって叫ぶ。「それぞれの筆者には自分の文体がある、つまりは自分なりの文法というものが……わたしは他人の規則にまで手を出す気はないんだ！」

次第に打ち解けてきて、ドストエフスキイの注意がチモフェーエワに向けられるようになると、まるで聴問僧か審問官のように口やかましかった。

「服装までが彼の厳しい監視と裁きの前にさらされるようになりました。わたしのウィーンハットを手のなかでひねくりまわしながら、あざわらうように問いただすのです。『現代の若い女性のこうした帽子は、はていかなるケイコウを証言しているのかね』『これはなにかね、旗印なのかな、それとも暗号?』

わたしの絹の雨傘が、彼の見るところでは許し難いおしゃれ、思想上かつ生活上の疑わしい方向を示すものでした。

『絹の、本物の!』叱責をこめて叫ぶのです。『どこからそんな金を手に入れるんだね? わたしは一生のあいだそういう傘を持つことを夢見てきたのに、結局買えやしない。』

「もっとも、わたしの持っているような紙の傘なんか重くて持てまいがね」、と寛容さを見せて付け足したりする。

夏に近づき、家族がスターラヤ・ルッサに避暑に出掛けてしまうと、一人暮らしに耐えられずに毎日を印刷所で過ごすようになる。編集のために校正を見たり、ほかの人の原稿に手を入れたりするばかりでなく、ここで『作家の日記』を書いたりもした。書きながら、内容をチモフェーエワに聞かせて反応を見たり、言葉に詰まると足踏みしながら彼女に言葉を催促する。うまい言葉が言えると彼は微笑んでうなずき、見当違いなことを言うと、我慢ならないというように、邪魔しないでくれといらだつ。

「会話を書くときにはきまって、書く前に小さな声で何回も呟いてみていました。それに合った身振りをして。まるで描いている人物が目の前にいるかのように。」

八月末のある日、てんかんの発作の翌日にドストエフスキイが印刷所に来た。

「けれどもこの晩はどうしても仕事にかかることができませんでした。体力の衰えから手がぶるぶると震え、ペンを持つことができないのです。極度に疲労した表情でしきりに顔を手で拭っていましたが、とうとう読む力のまったくないことを認めないわけにいかなくなりました。

『いや、もう帰ったほうがいい！』立ち上がりながら弱い声で言いました。『頭がぐらぐらして何も見えない。あと二日ほど家に居てから、ここへ来ることにしよう。』

そこで外套を着ようとしたのですがその重さにふらふらします。わたしは助けてさしあげました。

『看護婦のように親切にしてくれますね。』そう言ってわたしの名前を間違えて言いました。すぐに気付いて、ご自身の〈いまわしい、醜悪な放心状態〉をののしり始めました。」

「アンチクリストがやって来る」

若い世代のチモフェーエワがドストエフスキイの心に近づくきっかけになったのは、三月二六日付の「市民」に掲載された『作家の日記』の「展覧会について」という記事だった。ドストエフスキイはここで画家ゲーの「最後の晩餐」のいわゆる卑俗なリアリズムを批判し、時間を越えるキリストの意味を情熱的に語っている。校正刷りを読みながら「筆者の燃えるような情熱は思わず知らずわたしにまで伝わってきました。このとき初めて彼の個性の抵抗し難い魅力に気付いたのでした。わたしの頭のなかには彼の考えが沸き立っていました。〈……〉キリストと福音書についてのこうした言葉は、熱心な信仰を持っていてわたしの不信仰に心を痛めていた母のことを思い起こさせたのでした。」

別の時にチモフェーエワはドストエフスキイと福音書の理想について語り合っている。福音書をどのように解釈しているのですか、との問いかけにチモフェーエワは答える。

「『キリストの教えを地上で、わたしたちの生活のなかで、良心のなかに実現することですわ。』

『そして、それだけですか。』幻滅した調子で彼は言葉を長く伸ばして言いました。

わたし自身にもそれだけでは不足のように思われました。

『いいえ、それから……　すべてがこの、地上で終わるのではない。この地上の生活ぜんたいは、別の存在に向かう、単なる一段階に過ぎないということ……』

『別の世界への！』有頂天になって彼は言いました。広く開け放された窓に向かって両手を差し上げて。その時そこには本当に素晴らしい、輝くばかりの、澄み切った六月の空が見えていたのでした。」

けれども思想的な背景の違い、あるいは世代の違いはどう

ドストエフスキイ　1872年

しても埋まらないものだったようだ。ドストエフスキイが自由主義を攻撃し、彼独特の調子で話し始めると、チモフェーエワは素直に反応することができなかった。

「『彼らは疑ってみようともしない。もうすぐすべてが終わりを迎えるのだということを……連中のいう〈進歩〉全部、おしゃべり全部が終わるのだ！　アンチクリストが生まれ、近付いているのだ、ということが見えない！』　彼がこれらの言葉を口にした時、その声にも顔にも、恐ろしい、そして偉大な秘密を明かすのだという表情が込められていました。彼はわたしに素早い一瞥をくれると、厳しく尋ねました。

『わたしの言うことを信ずるのか信じないのか？　聞いているのだから答えなさい。信じるか否か？』

『信じますわ、フョードル＝ミハイロヴィチ。でもあなたは夢中になっていらっしゃいますから、ちょっと大げさにお考えになって……』

彼はわたしがびくりとしたほど激しく机を叩き、イスラム教僧がミナレットの上で出すような声を張り上げて言いました。

『アンチクリストがやって来る！　進んで来る！　世界の終わりは近い。人が考えるよりも近い！』

それはその時のわたしにはまるで〈うわごと〉のように、てんかん病者の幻覚のように思われました。……」

チモフェーエワは皮肉な微笑で答えた。だが、三〇年後の回想ではこんなふうに書いている――「でももしかしたら、ほかならぬあの晩に、驚くべき『おかしな男の夢』が、あるいは『大審問官』伝説の着想が得られたのかもしれません！」

微妙に響き合いながらすれちがうこの二人の関係はドストエフスキイが「市民」の編集長を辞めた一八七四年三月に断たれる。

「失ってからその人の価値がようやく分かる、というタイプの人があります。近くにいると、あまりに息が詰まるようで、その魅力や力に圧倒されてしまう。罰を受けることなく太陽をまっすぐに見ることはできません。光線はまぶしく、視力を失うこともあります。時間という暗いガラスをとおしてやっと、自分の目でその輝きを見ることができる……」ドストエフスキイはそんな人でした、とチモフェーエワはこの魅力的な回想を結ぶ。

文明論の構図

ヨーロッパの終わり

作家を〈社会の教師〉として位置づけ、進歩的または保守的なイデオロギー的発言を求める強い磁場がロシアには長い間存在してきた。これをロシア文学の特色としてポジティヴにとらえる立場と、ナボコフのように、一種の病理的現象として意識的に否定する立場とが併存している。こうしたなかで、作家の取る態度、対応もさまざまである。ゴーゴリのように、この磁場のなかで、本来の彼には無縁な（と思われる）、不利な役割を押し付けられ、この要求を満たせない自責から自己固有の文学世界を逸脱してしまう作家もある。ドストエフスキイは逆に、自分からこの磁場にコミットメントを企てるタイプだった。彼の関わった出版には次のものがある。

(1)工兵学校時代の雑誌（一八三八～四二？　残存しない）
(2)ペトラシェフスキイ－グループでの印刷［機会のみか］（一八四九　パンフレットそのものは残存せず）
(3)「時代」誌（一八六一～六三）
(4)「世紀」誌（一八六四～六五）

(5)「市民」誌(一八七三~七四)
(6)「作家の日記」誌(一八七六~八一)

これらを舞台に行われた時評的発言の論調、編集の方針や記事の内容などについて詳しくは別の機会に譲らなければならない(たとえば「時代」には奴隷解放を訴えるアメリカ文学の作品の翻訳が掲載され、「市民」では世界各地の宗教に関する記事や、江戸末期の日本の武士たちの動向も載るなど、広い視野の雑多な記事を見ることができる)。

ここでは、ドストエフスキイの時評の骨格の一つをなす文明論の現代的意義について考えてみよう。

「時代」誌以来の文明論、いわゆる〈土地主義〉の枠組は次のようなものだ。

ピョートル大帝による西洋文明の輸入、技術革命の結果、ロシアは一七〇九年にスウェーデン軍を撃破し、さらに一八一二年にはフランス軍を破った。こうして起こった改革の波はロシアを洗い、一九世紀なかばには限界に達し、これ以上進むにしても行き場がない。ロシア人はヨーロッパ人になりきろうとしたが、ついになりきれなかった。無縁な生活形態に自分をはめこもうとする無駄な努力だった。もとよりそうした過去は否定すべきものではない。視野が拡大し、他の諸民族と関わるなかで、ロシアの理念の意義を悟ることができたから。

しかしピョートル大帝はまたニヒリストの出発点でもある。この改革によってロシアはその文化の根から断ち切られ、意味ある事業を二〇〇年間にわたって保有することができないできた。

プーシキン

いまやヨーロッパは互いに分裂し、キリスト教もこれを一つにまとめる力を失いつつある。ヨーロッパ文明は終わってしまった。

いま、ロシアは自身の発展の時期を迎えなければならない。ロシアとヨーロッパとの間には際立った相違点がある。それはロシアの、高度に発達した総合力、あらゆるものを和解させ、融合させる能力である。このロシア人の理想の生きた指標がプーシキンである——

ドストエフスキイにおいてはロシア的なるものへの視点は、おそらくはシベリアの流刑地で芽生えただろう。そして一八五六年一月一日付アポロン＝マイコフ宛書簡で初めて文字で表現される。そして〈ロシア精神の全人類性〉のテーゼは一八八〇年六月のプーシキン記念碑除幕式での演説にいたるまで生き続けている。

精神の二つのタイプ

近代西欧の圧倒的な力と最初に衝突したのは、地理的にも最も近い位置にあったロシアだった。その強い影響のただなかで、ロシアは西欧を批判し、これに対抗すべき自己の独自な理念を生み出すという営為に、やはり最初に手をつけなくてはならなかった。ここに一九世紀ロシアの栄光と苦悩があった。

今から振り返ってみれば、この事態は二〇世紀の非西欧文明圏が共通に直面した問題の出発点にほかならなかった。西欧対ロシアの問題は、トルコ、エジプト、インド、中国、朝鮮、そして日本にとっての〈ヨーロッパ対非ヨーロッパ〉問題の先駆だった。西欧の力に対抗し、自国存続のために科学技術が取り入れられる。しかし西欧の技術が打ち込んだくさびの隙間から、西欧文化が流入し、伝統的な文化体系全体が浸食される。このような世界各地で繰り返されたプロセスの分析は、たとえばアーノルド＝トインビーの『世界と西欧』（一九五三）に詳しいが、ロシアにあっては西欧と同じキリスト教圏であることから他国よりも一層、アイデンティティ確立の作業は困難なものになる。ここからカトリック批判とロシア固有の信仰形態の探求が生まれる。

二〇世紀の終わろうとする現在、ロシアの苦闘の意味は、より広いコンテクストのなかで、おそらくドストエフスキイの時代とは別様に解かれるだろう。ナショナルな衣装の下で問われていたのは、近代の主我主義と啓蒙合理精神がもつ積極的意義とその限界という問題だったのではないか。この精神タイプの行き詰まりは世界各地で、また生活のあらゆる場面で、ヨーロッパ、非ヨーロッパという枠組とは違う形で問われつつある。もう一つの文化のありかたの可能性への問い――ドストエフスキイのイデオロギー上の模索は現在では、そのように定位されるだろう。

シベリア以後の長編構想——民族と自分のたどる道

ジャーナリストとしての発言と創作活動との中間的な位置にあるのが、ドストエフスキイがシベリア以降、最後まであたため続けた〈大長編〉の構想である。

大長編の構想

「いまぼくはこれまで考えてもいなかったような要求と希望を抱いています。しかしそれはみな謎ですから素通りします。」(兄ミハイル宛。オムスク発、一八五四年二月二二日付)

懲役を終えた直後の手紙でこう書いたドストエフスキイの「希望」は二年後には創作への意志として現れる。

「わたしはあちらにいる時、頭のなかで一編の大きな小説を完全に仕上げたのです。〈……〉わたしの創造した性格、全編の基礎となるべき性格はまだ数年の発展を要求しているので、もし充分な準備なしに客気《かっき》にまかせて着手したら、すっかりだめにしてしまうに相違ない、と確信しました。〈……〉仕事をしました。でも主要な作品はあとまわしにしたのです。これにはもっと精神の落ち着きが必要です。」(マイコフ宛。セミパラチンスク発、一八五六年一月一八日付)

これから一年半ほど経過した時期に、構想は次第に具体的に語られるようになる。

「最近、といっても一年半ほど前から、わたしはある長編のプランを立て、それにかかっていました。〈……〉それは長い小説で、一人の人物に関するさまざまな出来事を扱っていますが、たがいに融合した共通の関連性をもっており、しかもたがいにまったく独立していて、それぞれのエピソードはそれ自体完成しているのです。おのおののエピソードが一編をなしているので、たとえばわたしはその一編づつを掲載していってもよいのです。〈……〉この長編は三冊になり、一冊づつが二〇台分もあります。いま書けているのは五編からなる第一冊だけです。」（マイコフ宛。セミパラチンスク発、一八五七年六月一日付）

このあと一八五七年一一月三日、一八五八年一月一一日、一月一八日、一二月一二日、一八五九年一〇月一日、一〇月九日、一〇月一二日付の書簡にこの長編構想があらわれ続ける。この構想には、ある時点で『告白』という題名が与えられる。

ペテルブルグ帰還後も長編構想はドストエフスキイの念頭を離れない。主宰する雑誌「時代」の一八六二年一二号、一八六三年一号には予告に「フョードル＝ドストエフスキイの大長編」が載っている。

この作品の運命についてはこれまで、研究者の意見は一致していない。『地下室の手記』の中断（第Ⅳ章参照）をこの『告白』の挫折と考える立場（コマローヴィチ）も捨て難い。さらに続いて『地下室の手記』中断後の一八六五年、「世紀」誌の予約募集広告に、同様の大長編への言及があった。

この〈シベリアで着想された大長編〉の指標は何か。

(1)〈イデア〉をもったものであること。

(2)主人公の異なる（三つの）時期を語ること。

(3)（たぶん『ウィルヘルム・マイスター』のような）教養小説パターンをとること。

(4)作家の希望のすべてが語られるはずであること。

(5)作家にとって大切なもので、損なうのを恐れ、生涯の最後に書かれるべきものであること。

これらの指標がもう一度現れてくるのは一八六九年一二月一一日、ジュネーヴからマイコフに宛てた書簡だ。ここでは〈大長編〉は『無神論』とよばれることになる。そのストーリーはノートに残されている。中年の主人公が突然に神への信仰を失ってしまう。放浪生活。そして最後にはキリストを、ロシアの大地を、ロシアのキリストを獲得する。

三段階の〈歴史〉

一八六九年七月三一日の創作ノートには「幼年時代」のモチーフが書きとめられ、構想は主人公の生涯の物語へと発展してゆく。そして一八六八年一二月八日には『大罪人の生涯』と呼ばれる小説構想が書き付けられている。これについては一八六九年一二月一四日付の書簡で、三つに分かれた小説だ、と伝えている。やがて一八七〇年三月二五日付書簡では五つの中編から成る、と書くが、ノートによればそれは次のように分けられるらしい。〈幼年時代〉〈修道院〉〈流刑まで〉〈流刑とサタン〉〈偉大な行為〉。

この大長編には、たとえば一八六九年一一月二日に書かれたメモに主人公を「わたし」と想定しているこことにうかがわれるように、ドストエフスキイ自身の伝記的事象が多く含まれている。大長編は、彼が自分に語っていた〈自己自身の生のストーリー〉でもあり、小説の主人公の生涯を語るストーリーでもあり、そして彼の場合に重要なことだが、それは同時に、ロシア民族の、さらには全人類のたどるべきストーリーとして思い描かれた〈歴史〉なのでもあった。

ドストエフスキイはロシアのキリストを求めて、今度こそは実現したい長編小説に取りかかる。

X

『カラマーゾフの兄弟』

——修道僧と〈聖なる愚者〉たち

東方教会の文化価値

「愚　か」の　ヴァリエーション　ロシア語には「馬鹿」を意味する言葉としてグルペーツ、ドゥーレニなどからドゥラーク、ドゥラチョーク、さらにユロージヴィ、ブラジェーンヌィへと至る系列がある（『白痴』の原題には、おそらく意識的に、外来語の「イディオート」が使われている）。最初の二語は「のろま」を示すだけだが、中間の二語は時によって宗教的な意味合いを含むことがある。そして最後の二語が〈聖なる愚者〉を表す。

愚かなる者が、常識的な知識を越えた智恵を持ち得るとのパラドクシカルな知の形態は、日本も含め、おそらくは世界各地の文化にさまざまなヴァリエーションとして存在するにちがいない。

幾世紀にもわたってロシアに存在し、文化のプロトタイプとして社会に現象し、さらにたくさんの文学作品を生みだしてきたのは、きわめて宗教的な聖なる愚者たち、ユロージヴィたちだった。

一八七一年の著書でルシンスキイは書いている——「〈聖なる愚者〉がこれほどたくさんいる国、彼らにこれほどの特別な尊敬が捧げられる国を、ロシア以外にただの一国も思い浮かべることができない。」

司祭コワレーフスキイは一八九五年の著書でこれを追認し、ロシアでは一四〜一六世紀に一〇人以上の〈聖なる愚者〉が聖列に加えられているのに比べ、他の正教会では、各国をあわせて、六世紀から一〇世紀までで四人ほどしか認められていない、と書いている。

少なくとも一九世紀後半のロシアには、〈聖なる愚者〉たちが東方教会の、とりわけロシア的な、信仰の形態であるとの認識があったようだ。

イサーキイの愚行

〈聖なる愚者〉の概念がロシアにもたらされたのは、九八八年のキリスト教伝来に続く時期であったと言われる。もともと東方教会は、西方教会に比べると、神秘的な宗教体験、あるいは異常な、ときには奇怪にうつるほどの苦行に、多くの注意をさいてきた。たとえば小アジアには、長年にわたって柱の上で暮らしたという僧シモンの伝記が伝わっており、これらの物語はビザンティン文化の一環としてロシアにもたらされた。同時にキエフ・ルーシには多くの外典、偽典が入ったが、これらの物語もまた、正典よりははるかに空想的なモチーフをふくんでいた。

ロシア最古の〈聖なる愚者〉とされるのは、キエフのペチェールスキイ修道院にいたイサーキイである。一〇七四年の資料によれば、イサーキイは庵を編んで七年間の苦行を行った後、悪魔の誘惑を受け、同時に重い病に冒された。病が癒えてからは彼はもはや一人での苦行をやめ、〈聖なる愚者〉として振る舞うことを決意する。粗末な衣服を着て、修道院長や同輩の修道僧、さらには世俗の人々にも危害を加え、刑罰を受けたのち、放浪生活に入り、奇怪な行動を重ねた。やがて再び庵に戻ると、若者たちを手元に集めて教えた。修道院長ニーコンや子供たちの親たちから迫害を受けるが、それらを耐え忍び、昼も夜も、刑罰や餓え、寒さを受け容れた。

人間社会での栄光は求めず、謙虚さを失った過度の苦行を批判した、と評価されるイサーキイの像にはすでに〈聖なる愚者〉の原型が表れている。

記録によれば、ロシアの〈聖なる愚者〉たちは一四世紀には四人、一五世紀には一一人、一六世紀には一四人、一七世紀には七人を数えた。

〈聖なる愚者〉は多くの場合、放浪生活を送る。このため一六〜一八世紀まで、〈聖なる愚者〉を宿泊させて面倒を見るのは軍司令官の義務とされていた。一八世紀以降、農民の仕事となってからは、〈聖なる愚者〉たちにドアを叩かれた家は有徳の家である、と考えられるようになったという。

〈聖なる愚者〉のもう一つの機能　〈愚か〉を笑われることはキリストの重要な属性でもあった（「ヨハネによる福音書」第一九章などに〈道化〉キリストの像がうかがわれる。これに関連して、笑われることを引き受けるマルメラードフのキリスト論も）。またパウロは繰り返し、〈愚か〉であれ、と説く。たとえば「コリントの信徒への手紙一」では——

「だれも自分を欺いてはなりません。もし、あなたがたのだれかが、自分はこの世で知恵のある者だと考えているなら、本当に知恵のある者となるために愚かな者になりなさい。この世の知恵

は、神の前では愚かなものだからです。」（第三章一八〜一九節）

また、〈聖なる愚者〉の文化的な背景として、ギリシアのエレウシスの祭典や、ディオニュソスの狂宴を挙げる研究者もある。

ところで一九世紀ロシア文学の制度のなかに一群の〈聖なる愚者〉が浮上してくるについては、もう少し手近なところに具体的なテクストが存在したようだ。若いドストエフスキイの愛読書でもあったカラムジーンの『ロシア国史』である。

この大きな書物の第一〇巻には、皇帝ボリス＝ゴドゥノーフ（在位一五九八〜一六〇五）の罪業を〈聖なる愚者〉が暴きたてて、ボリスに災いの降り掛かることを予言する場面が描かれている。その時ボリスはこの非難を沈黙をもって聞き終え、〈聖なる愚者〉になんの刑罰も与えなかった、とされる。同じ巻では〈聖なる愚者〉ワシーリイがイワン雷帝（在位一五三三〜八四）の恐怖政治を町中で罵り、彼の残酷な政治を勇敢に非難し始める様子も描かれている。この部分の注でカラムジーンは、鎖を身に帯びるだけでなく、鉄の帽子を被った〈大きな帽子のイオアン〉についても触れている。さらにその前の第九巻には、プスコフの〈聖なる愚者〉ニコラの物語が書かれている。彼を訪れた皇帝イワンにニコラは、生の肉を食べるように言う。皇帝がキリスト教徒は四旬節には生肉を食べないと断ると、ニコラは言う。「おまえの罪業はもっと深い。人間の血と肉とを食わせているではないか。精進どころか、神をも忘れてしまっている。」

プーシキンの戯曲『ボリス・ゴドゥノーフ』（一八二五）に登場する〈聖なる愚者〉はカラムジー

ンの描く二人の〈聖なる愚者〉、ニコラと〈大きな帽子のイオアン〉を一人のなかに結合している。彼はにせの皇帝ボリスに詰め寄って言う。

「〈聖なる愚者〉‥子供たちがわたしをいじめる。どうかやつらを叩き斬っておくれ。おまえがまだ小さな王子を斬ったように。

貴族たち　‥あっちへ行くのだ、この馬鹿め。この馬鹿を捕まえろ。

皇帝　‥そのまま放っておけ。わたしのために祈っておくれ、かわいそうなニコールカ。（退場）

〈聖なる愚者〉‥（皇帝のあとから）いや、だめだ、ヘロデ王のために祈るわけにはいかないぞ。聖母さまが許してはくださらないから。」

ロシア近代文学のなかに

ところで同じ『ボリス・ゴドゥノーフ』には僧ピーメンが登場する。これは修道院の書斎で黙々と年代記を綴る修道僧で、その謙虚で世俗の名利を求めず、静けさのなかに勇気を感じさせる姿もまた、これ以後の文学に大きな影響を与えている。

ドストエフスキイは一八八〇年のプーシキン記念碑除幕式での演説（その後の『作家の日記』一八八〇年八月第二章での論文）でピーメンについて特にこう言っている。

「ロシアの修道僧、年代記者について言えば、プーシキンによってロシアの大地の中から取り出されたこの威厳あるロシア的イメージが、われわれにとってもっている重要性と意義とをあますところなく示すためには、優に一冊の書物が書けるにちがいない。この像はプーシキンによって描き上げられ、彫り上げられて、今や議論の余地のない、威厳に満ちた美のかたちをとって、永久にわれわれの前に据えられたのである。この人物像こそ、あらがいがたい真実性を備えたイメージを自分のなかから生み出すことのできる民族の力強い精神生活の証明となっているのだ。」

中世の歴史の彼方から『ボリス・ゴドゥノーフ』のなかに浮上したロシア文化の二つの精神像——修道僧と〈聖なる愚者〉たちは、特に一九世紀後半以後のロシア近代文学、さらに現代文学の世界に継承されることになる。いまその系譜を追ってみれば——

トルストイの文学の全体に〈聖なる愚者〉の影を見ることができる、との指摘（トンプソン）は正しい。『幼年時代』（一八五二）のグリーシャの中に早くも姿を表す〈聖なる愚者〉たちの群は『戦争と平和』（一八六九）のマリイ＝ヴォルコンスカヤの屋敷を訪れて父公爵をいらだたせる。この小説の主人公ピエール＝ベズーホフもまた放浪する〈聖なる愚者〉の精神的価値をもつと言えるだろう。こうした〈聖なる愚者〉は『復活』（一八九九）の幕切れにも無名の老人となって現れる。民話の形式をとった『イワンの馬鹿』はよく知られるところだろう。いっぽう修道僧の精神性を描いた作品として『神父セルギイ』（一八九八）がある（ドストエフスキイと同様、この作家の生き方そのものに〈聖なる愚者〉を思わせる要素がある）。

ツルゲーネフの『猟人日記』に収められた「生きたご遺骸」（一八七四）は農婦ルケーリアの気高い死を圧倒的な力で描いた作品である。

ネクラーソフには『ヴラース』(一八五四)という詩がある。これは〈愚か〉ゆえに鉄の鎖を身につけてロシアを放浪する白髪の老人を歌ったもので、ドストエフスキイは『作家の日記』一八七三年五節で称賛の言葉を書いた(『作家の日記』一八七九年の一二月第二章では同じ詩は「民衆の生活からの逸脱」として批判されているが)。

修道僧と〈聖なる愚者〉たちの住むロシア民衆の世界を描いた代表的な作家としてレスコーフがいる。『僧院の人々』(一八七二)『魅せられた放浪者』(一八七三)から『地の果てにて』(一八七五)『大司教の裁き』(一八七七)『僧正の生活の些事』(一八七九)『一つ考え』(一八七九)『不死身のゴロヴァン』(一八八〇)まで、『悪霊』以後に修道僧と〈聖なる愚者〉たちの世界への傾斜を深めるドストエフスキイと時期を同じくして、次々に作品を発表してゆく。

二〇世紀ロシア小説のなかにこの系譜を継承する作品も少なくない。たとえばそれはパステルナークの『ドクトル・ジヴァゴ』(一九五五)でありソルジェニーツィンの『マトリョーナの家』(一九六三)であるとされる。シュクシーンのいくつかの作品も思い浮かぶだろう。さらにこの原型の影響力は映画にも及んでいる。タルコーフスキイの作品『アンドレイ・ルブリョーフ』『ノスタルジア』『サクリファイス』には〈神の手〉の刻印を帯びた人物像が描かれている(この項、ズィオルコウスキの著書を参照)。

「子供にどんな罪があるのか」

チーホン対ヴォルテール　ドストエフスキイの作品のなかには〈聖なる愚者〉のカテゴリーに属すると思われる多くの人物が登場する。すでに触れた『罪と罰』のリザヴェータ、そしていくぶんかはソーニャ、さらにマルメラードフ。『白痴』の主人公ムイシュキンと『悪霊』のマリア＝レビャートキンはなかでももっとも伝統的な〈聖なる愚者〉の装いをまとっていると言われる。『カラマーゾフの兄弟』ではぼろを着て放浪するスメルジャコーフの母親がこのカテゴリーに入るだろう。

　修道僧へのドストエフスキイの興味はチーホンの遺骸がヴォローネジで発見された一八六一年にさかのぼるだろうとの説（プレトニョーフ）がある。

　ザドンスクの聖チーホン（一七二四～八三）は貧しい家に生まれ、百姓仕事の手伝いに出るなどしながら学んだ。彼は正教の文献ばかりでなく西欧の神学にも通じており、ノヴゴロドの神学校を出てからしばらくのち、修道僧となった。晩年の三〇年を謙虚に過ごしつつ、次第に神秘主義にひかれていった。彼は神経質で、終生自分と戦い、全ての人を抱擁したいと願ういっぽう、全ての人から去りたいとの気持ちを抱いた。神経の発作、ヒポコンデリーからの失神に見舞われ、不眠、震えに悩まされた、とされ、〈聖なる愚者〉の要素もあわせもっていたとも指摘される。聖書などの言葉を非常にたくさん覚えており、『黙示録』はそらんじていたらしい。彼の書き残した文書は一八三六年に刊行されている。

ドストエフスキイは一八七〇年の小説構想「大罪人の生涯」の中心にチーホンを置こうと考えていた。この構想は、すぐあとに始まった『悪霊』の執筆によって実現しなかったが、チーホンは『悪霊』の発表されなかった断章で、スタヴローギンと会話を交わすことになっていた。

次に書かれた長編小説『未成年』(一八七五)では、ロシア各地を放浪するマカール＝イワーノヴィチが〈端麗〉な美しさについて語る。これは放浪する〈聖なる愚者〉あるいは修道僧の像の発展を考える上で重要な一過程だ。

一八七八年五月、三男アレクセイ(アリョーシャ)が、突然のてんかんの発作に三時間あまり苦しんだ末に死ぬ。その死ののちに訪れたオプチナの修道院でのアンヴローシイ長老との出会いは、修道僧への興味をさらに強める結果となった。アンヴローシイもまたチーホンとならんで『カラマーゾフの兄弟』のゾシマ長老のモデルとなっている。

ところでこうした修道僧は、小説のなかでどんな役割を果たすのだったか。「大罪人の生涯」では主人公の少年時代に大きな影響を与える人物として想定された(トルストイの『幼年時代』のグリーシャを思わせる)。もしも三部立てならば第一部に、五部立てなら第二部に登場するのだっただろうか。

1920年代にパリで上演された『カラマーゾフの兄弟』

これに対して置かれるのは三部立てならば第二部となる、主人公を信仰の危機へと追いやるアンチテーゼであろう。

「修道院でのチーホンの生活は、僧団の一部や修道院長から迫害を受けた。院長に殴られたこともあるくらいだ。その上、時代そのもの——一八世紀の中葉——が、宗教に対して〈ヴォルテール主義〉が攻撃を試みた時期にあたっており、チーホンは人々の不信仰、嘲笑、無関心と闘わなければならなかった。こうした時代状況は、一八六〇〜七〇年代、ドストエフスキイが〈ピーサレフ主義〉あるいは唯物論と闘った時期に通ずるものがあった。」（プレトニョーフ）

小説世界に、イワン＝カラマーゾフという〈ロシアのヴォルテール〉を呼び込むことは、テーマの枠組の要求するところでもあった。一八世紀に行われた闘い〈ヴォルテール対チーホン〉の闘いはここで〈イワン対ゾシマ〉の論争へと置き直されてゆく。

リスボンの大地震　ドストエフスキイは一八六九年四月六日付の書簡で「この冬はずっとヴォルテールとディドロを読んでいました」と書いている。この頃に準備を進めていた『無神論』の構想に関連した読書だろう。そしてしばらくあとの一八七七年には「ロシアのカンディドを書くこと」とのメモを残している。

さてヴォルテールによる神への反抗、少なくも神の作った秩序への予定調和論への反論が最も強く響くコントの一つに『リスボンの厄災に寄せて』がある。これは一七五五年の『大地震』の惨状の前に深刻な信仰の危機に見舞われたヴォルテールの反抗である。

「『すべて善し』と叫ぶ誤れる哲学者たち／走り来てかのおそるべき破壊を見るがよい／あの焼け跡、肉片、灰を／女たちや子供たちは互いに折り重なり／崩れた大理石の下で手足をもがれている／大地は数十万の不幸な人々をむさぼり／人は血にまみれ引き裂かれてうごめく／屋根に敷かれ、助けもなく、苦悶と恐れのなかで／悲惨な命を終えんとする／その断末魔の低いうめき、声になるかならない声を聞き／煙たつ灰と化した人のおそるべき光景をまのあたりにして／諸君は言うのだろうか『これは永遠の法則のもたらしたもの／自由で善良なる神はこの法則のなかで必然的に選択をおこなう』と／『神はしっぺがえしされた。死は彼らの罪ほろぼし』と／母の胸の上で押し潰され血を流す子供たちは／いかなる罪、咎をなしたというのか」

『カラマーゾフの兄弟』のイワンはアリョーシャに向かって語る――「調和は欲しくない。人間への愛のために」「ぼくは世界調和の切符はお返しする」「ぼくは神を認める」「ぼくは神を認めないのではなくて、神によって創造された世界、神の世界を認めないし、また認めることに同意することもできないのだ」。彼はヴォルテールを念頭に置いて、こんなふうにも言う。「一人の年老いた罪人が一八世紀にいた。彼は言った。もし神がないならば、考え出さねばならぬ。そして本当に人間は神を考案した。しかし、神がじっさいに存在するということではなく、こんな野蛮な、悪意ある獣である人間にそのような、神の不可欠性についての考えが浮かんだということこそが、驚くべきことなのだ。」

さらに『カラマーゾフの兄弟』ではドミートリイが逮捕された直後に、ロシアの焼け跡にたたずむ乳呑み子を抱いた女たちの夢を見るが、あるいはここにリスボンにたたずむ母と子のイメージが移されているかも知れない。

ヴォルテールの『リスボンの厄災に寄せて』は一七六三年にボグダノーヴィチの名訳でロシアに広く知られ、一七八〇年代にはルソーの『書簡』とともに神の擁護論や理神論をめぐる論争の的になったという（たとえばゲーテもまたこの地震を契機として神の秩序への疑念をもつにいたったという。この地震の印象はヨーロッパ全体に拡がったものらしい）。

聖者伝の記者として

神人アレクセイ伝

こうして問題の構えは成立した。作者はこの最後の作品を構築するにあたっても、多くの先行する文学作品を下敷きとしている。これまでに指摘されたもののなかではシェイクスピアの『ハムレット』、シラー『群盗』『ドン・カルロス』『たくらみと恋』、ユゴーの『レ・ミゼラブル』、ゲーテの『ファウスト』などが重要なものだろうか。たとえば『群盗』のカール＝モールとフランツ＝モールの闘いは形をかえてイワンとドミートリイに移され、『ドン・カルロス』の王と王子の恋の抗争はフョードルとイワンに移される。

だがとりわけ重要なテクストとなったのは、早くからロシアにもたらされた『神人アレクセイの伝記』である。

〈神の人〉と呼ばれる五世紀のローマの聖者アレクセイは、ロシアにおいて他の誰よりも愛されたといわれる。

アレクセイは、長いあいだ子供に恵まれなかったローマの元老院の議員に神が授けた男の子だった。高い教育を受け、花嫁も決められたが婚礼の晩にそっと家を抜け出してメソポタミアに向かう。ここで持ってきた金すべてを貧しい人々に与え、自分は乞食のように聖母教会の階段に住み、お布施を受けた。一七年以上をこうして過ごしたが、ここで名を知られるようになったことを嫌い、人間的な栄光や尊敬を逃れて別の土地へ向かおうとしたところ、神の意志によってローマへと連れ戻される。ローマでは名前を隠して両親のもとに身寄りのない乞食として寄宿し、困難、軽蔑に耐える。かくて謙虚と忍耐のうちに死を迎える。死後にこれがアレクセイであったことが知れる。

伝説と『カラマーゾフの兄弟』を詳しく比較した研究者ヴェトローフスカヤによれば、ドストエフスキイの物語は公認の聖者伝をもとにしながらも、ロシアの民衆に伝えられたヴァリエーションである巡礼歌の中のアレクセイ像に接近しているという。聖者伝においては神の世界への接近と現世への無関心が強いテーマとしてあり、家族に名乗らずに死んだアレクセイに家族が非難して終わるが、ロシアの巡礼歌では、名乗らないのは見ず知らずの乞食を引き取ることで万人への愛が実現するから、との思想的な転回が行われており、アレクセイの死後多くの奇跡がおこると語られる。

ドストエフスキイの書斎　ここで『カラマーゾフの兄弟』を書いた。

「愚かであってもよい！」

長いあいだ夢見てきた小説の構想は『カ

ラマーゾフの兄弟』によって、充分なかたちではないにせよ、実現に大きく近づいた。それは聖者伝を下敷きとすることによって可能になった。つまり、ドストエフスキイ自身が年代記の作者になることによって。

聖なるものの領域に言葉を接続させるために、この小説は幾層もの入れ子構造をもっている。（ドストエフスキイという作者を背後に持つ）年代記作家が、神の人アレクセイの物語を枠組として意識しつつアリョーシャ＝カラマーゾフの伝記を書く。アリョーシャは小説中の一章で聖者チーホンあるいはアンヴローシイの行いの枠組を意識しつつ、長老ゾシマの生涯を語る。ゾシマはその兄マルケールの聖なる生涯を語る。……

光に照らされた人への思いを読者へと伝えるのに、時間的な前後関係のなかの物語として順序だてること。それは、福音書を書く使徒たちの作業にも似ていた。

一八七九年の三月九日、『カラマーゾフの兄弟』の第三編を書き上げた頃のことである。この日、「文学者救済基金協会」のための文学の夕べが開かれた。こうした朗読会にはよく顔を見せていたドストエフスキイも、ツルゲーネフやシチェドリン、ポロンスキイらにまじって登壇した。この時のありさまを、先のチモフェーエワは、「ツルゲーネフだけを聴きに行ったのに、ドストエフスキイの印象だけを持って帰った」と次のように書いている――

彼が読んだのは『カラマーゾフの兄弟』の「熱き心の告白」の章だった。しかしこれは多くの人にとって、万人の運命の黙示録のように思われた。神秘劇のように感じられたのである。『最後の審判、または生と死と』という題の。壊疽《えそ》を病んだ身体を切開してゆく解剖手術のようだった。死にゆく者の高熱、断末魔の痙攣……そして光に満ちた健康な微笑み、苦痛を鎮める言葉。これは新しいロシアと古いロシアとの対話、カラマーゾフの兄弟たち、ドミートリイとアリョーシャの対話だった。

「ホールの聴衆は最初、彼が何を読んでいるのか理解できずに、おたがいにささやき合っているようでした。

『狂言者だ！　ユロージヴィだ！　変わりもんだ！』

ところが緊張した情熱的な興奮を帯びたドストエフスキイの声は、これらのささやきを飲み込んでしまいました。

『変わっていようと構わない！　愚かであってもよい！　だが偉大な思想が死にさえしなければ！』

そしてこの感動的な、情熱的な声はわたしたちの心を底から揺り動かしたのでした……わたしばかりではありません、ホール中が興奮に包まれたのです。隣に座っていた見知らぬ若者は神経質に身動きし、溜め息をもらし、赤くなったり蒼くなったりしていました。落ち着きなく頭を振り立て、うっかり拍手すまいと、両手の指をしっかり押さえつけていました。そしてとうとうこの拍手が鳴り響いたのです。……

みんなが拍手していました。みんなが興奮していました。この突然起こった拍手は、時ならぬものであったために、朗読を中断させてしまいました。ドストエフスキイはまるで叩き起こされたようでした。彼はびくりと身を震わせ、原稿から目を放さずに、そのままじっとしていました。けれども拍手はますます強く続くのでした。そこで彼はまるで甘い夢からやっと身を振り解くように立ち上がり、皆におじぎをし、また朗読を始めるのでした。」

　こうした拍手は二〇世紀まで続いた。彼の提出した物語のヴィジョンのなかで、世界の人々が自分の〈歴史〉を読み解く時代が、これ以後も永く続いた。

＊本章のテーマについて日本語で読める文献はまだ多くない。チーホンやアンヴローシイはじめ修道僧たちがドストエフスキイに与えた影響、印象については次のような研究がなされてきた。プレトニョーフ「心の知恵によって（ドストエフスキイにおける長老たち）」（一九三三、露文）、S.Linnér : *Starets Zoshima in The Brothers Karamazou*, J.Dunlop. Staretz Amvrosy.
　ロシアにおける〈聖なる愚者〉についてはコワレフスキイ『キリストのための聖なる愚者たち』（一八九五、露文）、中村喜和「瘋癲行者覚書」（「言語文化」第六号、一九七〇）、G.Fedotov: *The Russian Religious Mind*, E.Thompson: *The Archetype of the Fool in Russian Literature, Understanding Russia. The Holly Fool in Russian Culture*, M.Ziolkowski: *Hagiography and Modern Russian Literature*. セルゲーイ＝ボルシャコーフ『ロシアの神秘家たち』（古谷功訳、あかし書房）、リハチョフとパンチェンコ『古代ロシアの〈笑いの世界〉』（露文）など。

〈神人アレクセイ〉についてはヴェトローフスカヤ『カラマーゾフの兄弟』の詩学』(露文)を、〈愚か〉については新谷敬三郎『『白痴』を読む』(白水社)、コックス『愚者の饗宴』(志茂望信訳、新教出版社)を、〈福音書を書く〉というテーマについては大貫隆『世の光イエス』(講談社)を参照してほしい。

あとがきにかえて——戦後日本文学のなかのドストエフスキイ

本書で述べてきたようなドストエフスキイの文学に、日本の人々はこれまでどのように関わってきたのだろうか。現在の私達に接続する意味でこのことについて展望しておきたい。日本人の書いたドストエフスキイ論の歴史について、私は別にまとめている（巻末「参考文献」参照）ので、ここでは日本の作家たちがドストエフスキイをいかに読み、創作に生かしてきたか、また生かしつつあるかを見ておこう。日本文学のなかでドストエフスキイの本格的な読解が始まるのは第二次大戦後のことだった。

テクストを相互に関係させながら、作品を堅固な構築物として構成しようとする強い意志を持ち、そのパラドクシカルな表現形式のなかで、もはや構造と呼ぶことのできない直接的な体験、名づけられない〈モノ〉に出会ってしまう——これがドストエフスキイの創作の基本的な性格だろう。このような、構築への意志とそこからの逸脱ないし解体の過程は、その後、特に二〇世紀の小説創造のほとんどすべての場面で、作家の意識の強度の違いこそあれ、起こりつつある現実にほかならない。ドストエフスキイはこの意味で、現代小説の先駆者としての役割を果したと言えよう

（一九六〇年代のフランスのヌーヴォー・ロマンの作家たちはドストエフスキイの、特に『地下室の手記』を高く評価することになる）。本書では詳しく語ることができなかったが、こうした〈メタ・テクスト性〉は、ヨーロッパ文学との関係のなかで自己形成を遂げてゆくロシア近代文学の本質的な性格でもあった。ドストエフスキイはプーシキンの〈明るい感応力〉やゴーゴリの〈壊れの感覚〉に導かれたのだった（このような角度からのロシア文学史全般の解読については別の報告を準備している。またドストエフスキイのテクストのパラドクス性と断片性がウルフやジョイスなどに与えたインパクトについては次の優れた研究がある。野中涼「モダニズム文学とドストエーフスキイ」〔「ドストエーフスキイ研究」第三号〕）。

他の作品、他者によって投げかけられるテクストを作中人物が鋭く意識し、そのストーリーを引き受け、なおかつそうした構造の向こう側へと出てゆくことを描いた日本の作家がいる。大岡昇平だ。彼は米軍に追われる一人の日本兵の熱に浮かされた幻覚についてこう書く。

「私は無論これが熱のための幻覚であるのを知っていた。私は笑って『よせやい、おまえなんかいやしねえの知ってるぞ。みんな熱のせいなんだ。』と叫んだ。そのとたん、私はこう叱咤することと自体、相手の存在を認めることにほかならないと気がついた。私は口をつぐんだ。

同時に私はこれが『カラマゾフの兄弟』のイワンの二重人格のばあいであるのを思いだした。この発見は不愉快であった。私は生涯の最後の瞬間、私のもっとも個人的たるべき幻覚においてさえ、なお先人に教えられたところに滲透されているのをにがにがしく思った。」

この『俘虜記』の叙述の多くが、ドストエフスキイのシベリア懲役の体験記『〈死の家〉の記録』と重ね合わされている。

大岡の同じレイテ島の体験を描く『野火』もまた先人のヴィジョンに犯される。この原隊を追われた兵士は塩をとりに戻って来た島の民の一人を殺し、もう一人に銃を向ける。「男が何か喚《わめ》いた。片手を前に挙げて、のろのろと後ずさりするその姿勢の、ドストエフスキイの描いたリーザとの著しい類似が、さらに私を駆った。また射った。弾は出なかった。私は装塡するのを忘れたのに気がつき、慌しく遊底を動かした。手許が狂って、うまくはまらなかった。」

さまよい歩く兵士の「一人歩き」について大岡は後に、「ラスコリニコフが市場を歩くところの感じを思い出しながら書いた」と語っている（『わが文学生活』）。

「ぼくには子供の時のキリスト教になんか未練があって、なんか違う、どっか違うという気がするんですね。神という概念は、この世のたががはずれたという、ハムレットの台詞の、そのはずれたところから吹き出してくるもの、無定形なものであってね、神とかリビドーとかは、そのなかに今の言葉でいえば、構造がみつからないんだよ。ただ、それが好きになるかならないかのちがいですよ。」

『野火』は、どこかで、神という「無定形なもの」「構造がみつからない」ものの感触を伝える。この意味で、大岡の文学はドストエフスキイのテクストのありかたに極めて近いものになっていると言えよう。〈野火〉とはまた、地下室人とラスコーリニコフとが見つめた〈ぼた雪〉なのかもしれない。

大岡と同様に人を殺すこと、人の肉を食うことという戦後の時代的なテーマを扱い、黙示録の〈全的滅亡〉のヴィジョンを日本文学に移入しつつ、ラスコーリニコフが行ったはずの〈境界越え〉を拒否して見せた（『蝮のすゑ』『審判』）作家、武田泰淳が、ドストエフスキイのテクストの性格に最も近づいたのは、長編『富士』においてであっただろう。この小説で天皇制を中心とするあらゆる観念語はそのヒエラルヒーから引きずり出され、鋭い対立の中で笑いのるつぼに叩き入れられる。バフチンがドストエフスキイの作品に関連して指摘した〈イデアのカーニバル性〉をこれほどの力で実現したパラドクスの傑作を日本文学のなかに他に見出すことは難しい。

あるいは、ドストエフスキイのテクストが本来、笑いの要素を含むものであるとすれば、その笑いは小島信夫に受け継がれているのかもしれない。

〈カーニバル〉を『ピンチランナー調書』『同時代ゲーム』で描いた大江健三郎は『悪霊』からちょうど百年後の日本に起こった連合赤軍事件に答えるかたちで『洪水はわが魂に及び』を書く。この小説では土に祈りを捧げるドストエフスキイの登場人物たち、ゾシマの言葉や〈聖なる者〉が、有機的なモチーフとして大きな役割を果たしている。〈終末〉の感覚のなかで救済を模索するこの作家の文学的思索はドストエフスキイの文明批判の構図に近いものだろう。

西欧的なイメージの中での近代文明の危機に立ち会いながら、これを「古代からストレートにつながってくる神話空間」の設定によって、あるいはシャーマニズムに近いものに注目することによって乗り越えようとする志向を示しているのが中上健次である。『枯木灘』を中心とする紀州ものの〈父と子〉を描くにあたって、彼は『カラマーゾフの兄弟』を強く意識し、ドストエフスキイを罵倒しつつ、「ロシアというのは非常にアジア的な要素があるところ」だと感じている（たとえば『吉本隆明対話集・現在における差異』での発言など）。

向こう側の感覚は戦争直後の日本文学の大きなモチーフだった。野間宏の『崩壊感覚』での〈ヴィジョンの狂い〉はラスコーリニコフの橋上のパノラマを思わせるし、埴谷雄高の『死霊』を貫く〈自同律の不快〉の感触はイッポリートやキリーロフの反抗と共通の要素を持つだろう。埴谷による時代への発言と多くの人々の対談は戦後日本の精神史の証言として残るだろう。

『死霊』にも含まれている〈革命のなかの死〉は高橋和巳『日本の悪霊』や笠井潔『バイバイ、エンジェル』、三田誠広『漂流記１９７２』につながる。「赤い旅団」やカンボジア虐殺など、現代のテロリズムを語るときに『悪霊』が想起されるのは、もちろん日本文学だけの現象ではない。たとえばナチズムを描くにあたってスタヴローギンの犯罪を正確に〈引用〉したのはヴィスコンティだった（『地獄に堕ちた勇者ども』）。

同じヴィスコンティが『若者のすべて』で『白痴』を、また『イノセント』ではキリーロフを下敷きにしていたように、またタルコーフスキイが『サクリファイス』でムイシュキン役者を呼び出したように（黒沢明監督の『白痴』は言うまでもなく）、〈無垢なるもの〉の表現にあたってドストエフスキイを想起する作家が日本にもいた。それはたとえば椎名麟三（『永遠なる序章』など）であり遠藤周作(『おバカさん』『私が・棄てた・女』『悲しみの歌』)であり三田誠広(『龍を見たか』)である。

宮本輝の『錦繡』での往復書簡体、村上春樹の、大審問官伝説を思わせる〈羊の王国〉をモチーフとする『羊をめぐる冒険』をはじめとする作品構成の重層性、『ロリータ』や花袋の『蒲団』とともに『貧しき人々』を構造として取り込んだ島田雅彦の『スピカ、千の仮面』など、現代にいたるまでドストエフスキイのテクスト構成のありかたは日本の文学的思考に刺激を与え続けているように見える。

島崎藤村の『破戒』に始まる日本のドストエフスキイ読みの歴史について、いまようやく本格的な意識化がなされる時期を迎えつつあるだろう。

本書を書く機会を与えて下さったのは早稲田大学教授新谷敬三郎先生である。また刊行にあたっては清水書院編集部の徳永隆氏に大変お世話になった。さらに清水幸雄氏からはあたたかい励ましをいただいた。ここに、三氏に深い感謝を捧げたい。

ドストエフスキイ年譜

西暦	年齢	年譜及び作品	参考事項
一五〇六		先祖のダニール＝イワーノヴィチ＝ルチーシチェフがピンスク公からドストエヴォ村を賜る。これ以後、子孫はドストエフスキイ姓を名乗る。	
一七八九		父ミハイル、ボドーリヤのロシア正教とカトリックの宗教合同派の司祭の家に生まれる。	フランス革命。人権宣言により近代国家の諸原理が表現される。
九二			カラムジーン『哀れなリーザ』
一八〇〇		母マリア、モスクワの商人の家に生まれる。	伊能忠敬、蝦夷を測量。
一九		ミハイルとマリア、結婚。	
二〇		長男ミハイル誕生。	ホフマン『牡猫ムルの人生観』
二一		ロシア暦10月30日、フョードル＝ミハイロヴィチ＝ドストエフスキイ誕生（四男四女の次男として）。	ナポレオン死去。 ボードレール誕生。 ゲーテ『ヴィルヘルム・マイスター』 カラムジーン『ロシア国史』第九巻
二二	1	長女ワルワーラ誕生。	ホフマン死去。
二五	4		デカブリストの乱。 プーシキン『ボリス・ゴドゥノー

			フ』
一八二六	5	三男アンドレーイ誕生。	サバラン『味覚の生理学』
二九	8	次女ヴェーラ、三女リュボーフィ誕生。	
三〇	9		プーシキン『駅長』
三一	10	四男ニコライ誕生。	ロシア最初の工業博覧会開催。 ゴーゴリ『ディカーニカ近郷夜話』 ユゴー『ノートル・ダム・ド・パリ』
三二	11		レールモントフ『帆』
三三	12		プーシキン『青銅の騎士』 バルザック『ウージェニィ・グランデ』
三四	13	兄ミハイルとフョードル、モスクワのチェルマーク寄宿学校に入学。	ゲーテ『ファウスト』第二部 プーシキン『スペードの女王』 バルザック『ゴリオ爺さん』 ポオ『黒猫』
三五	14	四女アレクサンドラ誕生。	ゴーゴリ『ネフスキイ通り』『狂人日記』
三六	15		ゴーゴリ『鼻』 チーホン『作品集』
三七	16	母マリア死去。兄ミハイルとフョードル、ペテルブルグの予備寄宿学校に入学。父ミハイル退職。	プーシキン死去。 イギリス、ヴィクトリア女王即位。

一八三八	17	8月2日の兄宛の書簡で、ホフマン、バルザック、ゲーテ、ユゴーなどへの熱中ぶりを伝える。	ディケンズ『オリヴァー・トウィスト』
三九	18	父ミハイル死去。	
四〇	19		レールモントフ『現代の英雄』
四一	20	兄の送別会で自作の戯曲『マリア・スチュアート』と『ボリス・ゴドゥノーフ』を朗読（本格的な創作の始め?）。工兵学校を卒業し、野戦工兵少尉に。	レールモントフ死去。文集『われら』（〜四二） カーライル『英雄および英雄崇拝』 フォイエルバッハ『キリスト教の本質』
四二	21	演劇やコンサートに通う。リストの演奏を聞く。	ゴーゴリ『死せる魂』第一部、『外套』
四三	22	7月、バルザック、ロシア訪問。 12月、フョードル『ウジェニー・グランデ』翻訳。兄ミハイルにシューの『マチルド』翻訳を提案。	キルケゴール『あれかこれか』
四四	23	9月、退職。グリゴローヴィチと共同生活。	
四五	24	『貧しき人々』完成。5月末頃グリゴローヴィチに朗読。草稿をネクラーソフが読み、ベリンスキイに手渡す。ベリンスキイより絶賛をうける。ネクラーソフ発案のユーモア文集『嘲笑者』広告文を書く。	ネクラーソフ編『ペテルブルグの生理学』 ブトコーフ『ペテルブルグの頂上』（〜四六） ゲルツェン『誰の罪か』 キリーロフ編『ポケット版外来語辞

一八四六	25	4月、『分身』の不成功を兄に伝える。 春、偶然にペトラシェフスキイに出会う。 10月末、ネクラーソフと口論、雑誌「現代人」と絶縁。 8月、二番目の妻となるアンナ＝スニートキナ生まれる。	典』(～四六) ネクラーソフ『迷蒙の闇から』 〃 編『絵入り文集四月一日』 バルザック『従妹ベット』 サンド『魔の沼』
四七	26	ベリンスキイとの論争、不和。ペトラシェフスキイの会に出席しはじめ、ユートピア思想関係などの図書を借り出す。 『貧しき人々』『分身』『プロハルチン氏』 『九通の手紙の物語』『ペテルブルグ年代記』『主婦』	ベリンスキイ『一八四六年の文学概観』 グリゴローヴィチ『不幸なアントン』 ツルゲーネフ『猟人日記』(～五二)
四八	27	秋にペトラシェフスキイの会にドゥーロフ‐サークル発足。 12月、ペトラシェフスキイ会でフーリエの社会主義と共産主義についてのチムコフスキイの講演。 『他人の妻』『弱い心』『ポルズンコフ』『苦労人の話』 『クリスマス・ツリーと結婚式』『やきもちやきの夫』 『白夜』	フランス、二月革命。 プロイセン、三月革命。 5月、ベリンスキイ死去。 マルクス『共産党宣言』 ポオ『ユリイカ』
四九	28	4月15日、ドストエフスキイはベリンスキイのゴーゴリ宛書簡を朗読。会員の多くがコピーを取る。 4月23日午前4時過ぎ、第三課による捜査と逮捕。	ディケンズ『デイヴィッド・コパフィールド』 キルケゴール『死に至る病』

		ペトロパヴロフスク要塞監獄に収監。予審委員会での尋問。 11月16日、有罪判決。銃殺刑宣告。 12月22日、処刑場にて刑の執行停止と特赦の詔勅が読み上げられる。 12月25日、シベリアへ出発。 **『ネートチカ・ネズワーノワ』**	ニコライ一世、検閲を強化。外国旅行は事実上不可能となる。
一八五〇	29	1月、トボリスクでデカブリストの妻たちから聖書を受ける。1月末、オムスクに到着。	ゲルツェン『向こう岸から』 チェルノーフ『分身』
五一	30	オムスク国事犯名簿「顔はきれいで白い。目は灰色、鼻は普通で、髪は明るい亜麻色。額の左眉の上に小さな傷跡。身体は頑丈。」	アファナーシエフ『スラヴ人の家の異教的意義』 ロンドン万国博覧会開催。
五二	31		トルストイ『幼年時代』 ゲルツェン『過去と思索』(～六八) ゴーゴリ死去。 ナポレオン三世即位。
五三	32		クリミア戦争。ロシア艦隊がトルコ艦隊を滅ぼす。
五四	33	2月、懲役終了。 3月、セミパラチンスクの国境警備隊に編入される。 4月、詩「一八五四年のヨーロッパの出来事に」を	2月、ニコライは〈キリストの敵である英仏〉に宣戦。英仏トルコ連合軍の前にロシア軍劣勢。

		書いて提出。役人イサーエフとその妻マリアと知り合う。	トルストイ、包囲されたセヴァストーポリで従軍。
一八五五	34	8月、イサーエフ死去。 9月、ドストエフスキイ作の「ニコライ一世崩御に寄せる詩」および「皇太后陛下の誕生日に寄せる詩」をシベリア軍司令官が陸軍大臣に送る。	ネクラーソフ『ヴラース』 1月、ニコライ一世死去。アレクサンドル二世即位。 セヴァストーポリ陥落。
五六	35	1月、マイコフ宛に「大きな小説の構想」について書く。	アクサーコフ『家族の記録』 ツルゲーネフ『ルージン』 パリ講和会議。
五七	36	2月、ドストエフスキイ、マリアと結婚。連れ子パーヴェル。 4月、剥奪されていた諸権利を回復。 **『小さな英雄』**(署名M-キイ)	農奴解放のための秘密委員会。 フローベール『ボヴァリー』 ボードレール『悪の華』
五八	37	「時代」誌発行の許可申請。9月に許可が下りる。	国有地農民に市民的平等を与える。
五九	38	8月、トヴェーリに移る。「イデアのある小説」や『分身』改作などのプラン。 年末、トヴェーリよりペテルブルグに帰還。 **『伯父様の夢』『スチェパンコヴォ村とその住人』**	ゴンチャローフ『オブローモフ』 ツルゲーネフ『貴族の巣』 アファナーシエフ『ロシア伝説集』 ダーウィン『種の起源』
六〇	39	9月、主要新聞に「時代」誌発刊の広告が載る。 **『〈死の家〉の記録』** 緒言	チェホフ生まれる。

一八六一	40	1月、「時代」発刊。 9月、同誌にスースロワの短編『今はまだ』を掲載。 **『〈死の家〉の記録』『虐げられし人々』『ペテルブルグの夢』**評論「**ロシア文学について**」など	農奴解放宣言。 アメリカ南北戦争（〜六五）。 ブスラーエフ『ロシア民族の文学と芸術に関する史的概観』
六二	41	5月14日、ザイチネフスキイ起草の「若いロシア」檄文出る。社会主義民主主義共和国への呼びかけ。平和的改造を否定し、街頭闘争を宣言。 5月16日、ペテルブルグの大火で二週間燃え続ける。 ドストエフスキイはチェルヌィシェーフスキイを訪れ、彼の影響力で煽動者を抑えるよう依頼する。 6月、初めての西欧旅行。秋に帰国。 冬、スースロワと親交。 **『〈死の家〉の記録』**第二部**『いやな話』**評論「**理論家の二つの陣営**」など	ユゴー『レ・ミゼラブル』 ツルゲーネフ『父たちと子たち』 5〜11月、ロンドンで第三回万国博覧会開催。
六三	42	4月、「時代」にストラーホフのポーランド問題への発言「宿命的な問題」掲載され、当局の誤解、批判を呼び、5月、同誌は閉鎖される。 8月、スースロワを追ってパリへ。10月、帰国。 **『冬に書く夏の印象』**、その他評論	ポーランドの一月革命、ロシアに弾圧される。 アメリカ、奴隷解放宣言。 チェルヌィシェーフスキイ『何をなすべきか』 ネクラーソフ『誰にロシアは住み

一八六四	43	雑誌「世紀」発刊。 4月15日、妻マリア死去。メモを書く。 7月10日、兄ミハイル死去。 9月、友人のグリゴローヴィチも死去。 『地下室の手記』、その他評論	よいか』 トルストイ『戦争と平和』第一部（～七六）
六五	44	「世紀」誌廃刊。 夏、翌年11月1日までに新しい小説を書くことを義務づけられる。 夏から秋にかけてチストーフによる殺人事件の報道。これに取材し、9月、カトコーフに小説を売り込む（『罪と罰』）。 『鰐』	ナポレオン三世『ジュリアス・シーザー伝』 アファナーシエフ『スラヴ諸民族の詩的自然観』（～六九） ベルナール『実験医学研究序説』 キャロル『不思議の国のアリス』
六六	45	1月、学生ダニーロフによる質屋ポポフと下女ノルドマン殺害事件。 4月4日、カラコーゾフによる皇帝暗殺未遂事件。 9月、カラコーゾフ処刑。 10月4日、アンナ＝スニートキナ、初めてドストエフスキイを訪れる。 10月29日まで口述筆記。『賭博者』を完成。 11月8日、アンナにプロポーズ。	革新派の雑誌「現代人」「ロシアの言葉」など相ついで廃刊。 ペトラシェフスキイ死去。 メレシコフスキイ、シェストフ生まれる。

一八六七	46	**『罪と罰』『賭博者』** 2月15日、ドストエフスキイとアンナの結婚式。 4月16日、夫妻は4年間にわたる西欧での放浪生活に出発。アンナ、日記をつけ始める。ベルリン→ドレスデン→ハンブルグ→バーデン→ジュネーヴ 9月、『白痴』の最初のメモ。	イプセン『ペール・ギュント』 ボードレール死去。
六八	47	2月、最初の子ソフィア生まれるが、5月に死亡。 ジュネーヴを離れる。ヴェヴェー→ミラノ→フィレンツェ **『白痴』**	ピーサレフ死去。 オールコット『若草物語』 明治維新。
六九	48	ヴェネチア→ボローニャ→トリエステ→ウィーン→プラハ→ドレスデン 9月、リュボーフィ誕生。 11月21日、イワーノフ謀殺事件おこる。 12月、『大罪人の生涯』のメモ。	ダイレフスキイ『ロシアとヨーロッパ』 ボードレール『パリの憂鬱』 ゴーリキイ、ジイド生まれる。
七〇	49	ドレスデンで『悪霊』執筆。 **『永遠の夫』**	普仏戦争（〜七一）。
七一	50	パリ・コミューンに対して否定的評価を下す。 7月1日、イワーノフ謀殺事件の審理開始。 7月8日、ペテルブルグに到着。 **『悪霊』**（〜七二）	パリ・コミューン。 ゾラ『ルーゴン・マッカール叢書』

一八七二	51	11月と12月、『悪霊』自費出版に奔走。 12月20日、週刊誌「市民」編集責任者となる。	レスコーフ『僧院の人々』 ニーチェ『音楽の精神からの悲劇の誕生』
七三	52	「市民」一号より五〇号までを編集。多くの雑誌との論争を行う。 **『作家の日記』「ボボーク」**	レスコーフ『魅せられた放浪者』 トルストイ『アンナ・カレーニナ』（〜七七） チュッチェフ死去。
七四	53	4月、「市民」の編集をやめる。この頃『未成年』の執筆開始。	ムソルグスキイ『ボリス・ゴドゥノーフ』上演。 ヴ・ナロード運動。
七五	54	『未成年』の執筆。 8月、アレクセイ誕生。	ソロヴィヨーフ『西欧哲学の危機』
七六	55	12月、ペテルブルグのカザン寺院前で、ナロードニキ活動家の組織によるデモが行われる。12月の『作家の日記』でこれを攻撃する。 **『作家の日記』「キリストのヨルカに召された少年」** **「百姓マレーイ」「百歳の老婆」「おとなしい女」**	
七七	56	1月から度々ネクラーソフの病床を訪れる。 4月中旬、ロシア軍、トルコ侵入。ドストエフスキイ、カザン寺院で勝利を祈る。 12月30日、ネクラーソフの葬儀に参列し墓前で演説。	露土戦争（〜七八）。 ネクラーソフ死去。 ガルシン『四日間』 ゾラ『居酒屋』

一八七八	57	『作家の日記』「おかしな男の夢」 5月16日、三歳のアレクセイ、3時間10分に及ぶてんかん発作のため死去。 6月、若い哲学者ソロヴィヨーフとともにオプチナ修道院を訪問。アンヴローシイ長老と三度会見。 12月、『カラマーゾフの兄弟』のプラン完成。	ヴェラ＝ザスーリチ、警視総監トレーポフを狙撃。ドストエフスキイは彼女の無罪を主張。
七九	58	3月、文学者救済基金協会の夕べで『カラマーゾフの兄弟』の兄弟の対話を朗読。この頃、文学の夕べでの朗読多い。 6月、ロンドンの国際作家協会名誉委員に選出。 『カラマーゾフの兄弟』（〜八〇）	「黒い再分割」党と「人民の意志」党の結成。 トルストイ『懺悔』 ストリンドベリ『赤い家』
八〇	59	6月6日、プーシキン像除幕記念祭。 6月7〜8日、ロシア文学愛好者協会公開講演会。ドストエフスキイの講演は聴衆に未曾有の歓喜、興奮を呼びおこす。	フローベール死去。 フランスにサンボリスム運動おこる（〜一九二〇）。
八一		「プーシキン講演」『作家の日記』 1月25日夜、転がったペンを拾おうと、棚を動かし、その後、喉の出血。 1月28日、喀血が続き、午後8時38分、ドストエフスキイ、肺結核の進行上の肺動脈破裂で死去。 『作家の日記』	3月1日、「人民の意志」党によるアレクサンドル二世の暗殺。

参考文献

●全集（現在容易に入手できるもの）

『ドストエーフスキイ全集』全13巻・別巻1　米川正夫訳 —— 河出書房新社　一九六九～七一

『ドストエフスキー全集』20巻・別巻1　小沼文彦訳 —— 筑摩書房　一九六二～

『ドストエフスキー全集』全27巻・別巻1　工藤精一郎ほか訳 —— 新潮社　一九七八～八〇

＊このほか、各文庫に代表的な作品が収められている。
日本の全集刊行の歴史については『ドストエフスキイ翻訳年表』（文献案内のリスト参照）に詳しい。

●主な伝記関係資料

中山省三郎『ドストエーフスキイの生涯』—— 三笠書房　一九三六

小林秀雄『ドストエフスキイの生活』（『ドストエフスキイ全論考』講談社　一九八一など）

グロスマン『ドストエフスキイ』北垣信行訳 —— 筑摩書房　一九六六

カー、E．H．『ドストエフスキー』（筑摩叢書106）松村達雄訳 —— 筑摩書房　一九六八

トロワイヤ『ドストエフスキー伝』村上香住子訳 —— 中央公論社　一九八二

ドリーニン編『ドストエフスキー　同時代人の回想』水野忠夫訳 —— 河出書房新社　一九六六

ドストエフスカヤ『回想のドストエフスキー』上・下（筑摩叢書206・207）松下裕訳 —— 筑摩書房　一九七三、七四

ドストエーフスカヤ『アンナの日記』木下豊房訳 —— 河出書房新社　一九七九

グロスマン『年譜（伝記、日付と資料）』（『ドストエフスキー全集』別巻）松浦健三訳編

——— 新潮社　一九八〇

●優れた研究書（本文各章末に挙げた文献以外で、明瞭な方法意識を持つものを中心に10点挙げる）

V. Ivanov : *Freedom and The Tragic Life*

プンピャンスキイ『ドストエフスキイと古代文化』（露文）

バフチン『ドストエフスキイ論』新谷敬三郎訳 ——— 冬樹社　一九七四

ベルジャーエフ『ドストエフスキーの世界観』斎藤栄治訳 ——— 白水社　一九七八

ウォルインスキイ『ドストエフスキイ』全3巻　埴谷雄高・大島かおり・川崎浹訳
（合本として一九八七年に同じくみすず書房で刊行）——— みすず書房　一九七〇、七四

ステイナー『トルストイかドストエフスキーか』中川敏訳 ——— 白水社　一九六八

小林秀雄『ドストエフスキイの作品』（『ドストエフスキイ全論考』）——— 講談社　一九八一

飯島衛『神と悪——ドストエフスキイの思想』——— 三一書房　一九五八

新谷敬三郎『ドストエフスキイの方法』——— 海燕書房　一九七四

大江健三郎・後藤明生・埴谷雄高・吉本隆明『現代のドストエフスキイ』——— 新潮社　一九八一

●ドストエフスキイ文献案内のリスト

＊ドストエフスキイ関係の文献は日本でも諸外国でも数多く書かれてきた。以下には文献の発見のための日本語での案内を、作成された順にまとめてみた。

内田魯庵『ドストエフスキー書史』（『罪と罰』に所収）——— 丸善　一九一三
欧米の文献の紹介。

木寺黎二『ドストエーフスキイ文献考』——— 三笠書房　一九三六

この年までに出た露独仏英および日本語での全集、伝記、批判、研究の詳細なビブリオグラフィー。現在も資料的価値を失っていない。

木下豊房『ソ連における研究・批判の変遷』（「ピエロタ」一九七二・一二）
一九三〇年代以降から一九七一年までのソ連でのドストエフスキイ研究の動向を展望したもの。

近田友一編『ドストエーフスキイ文献』（「文芸読本ドストエーフスキイⅠ・Ⅱ」）――河出書房新社　一九七五、七八
日本で出版されたドストエフスキイ論、研究論文などのリスト。

井桁貞義『ドストエフスキイ研究展望』（「比較文学年誌」第11・12号）――早稲田大学比較文学研究室　一九七五、七六
一九六〇年代後半以降のソ連と欧米の研究書を紹介したもの。

小沼文彦編『ドストエフスキー邦訳年表（明治～大正）』（「翻訳の世界」一九七七・一一）
ドストエフスキイの日本への紹介の初期の事情を明らかにするリスト。

木下豊房『ドストエーフスキイ文献解題』（「文芸読本ドストエーフスキイⅡ」）河出書房新社　一九七八
今世紀のロシア、ソ連と日本のドストエフスキイ論の動向を三つの時期に分けて詳しく論じたもの。

ウェレック『ドストエフスキー論の系譜』（「現代思想」一九七九・九）大橋洋一訳　―　青土社　一九七九
西欧やアメリカのドストエフスキイ論の流れを要領よくまとめたもの。

『日本におけるドストエフスキイ翻訳・紹介文献――明治・大正期、雑誌篇』（「比較文学年誌」第17・18号）――早稲田大学比較文学研究室　一九八一、八二
大正までの日本の雑誌に現れたドストエフスキイへの言及を網羅したもの。

井桁貞義『日本のドストエーフスキイ文献案内』（「ソヴェート文学」第78号　一九八一）
日本人によって書かれたドストエフスキイ論の論点を紹介し、系譜をまとめたもの。

金沢美知子『ドストエーフスキイ受容の現在』（「ドストエーフスキイ研究」第一号）　海燕書房　一九八四

最近10年ほどの日本でのドストエフスキイ論の傾向を論じたもの。

本間暁編『ドストエーフスキイ文献案内Ⅰ～Ⅲ』（「ドストエーフスキイ研究」第一～三号）　海燕書房、大空社　一九八四～八六

Ⅰは入手可能なドストエフスキイ文献リスト。Ⅱは全集月報と書誌の目次リスト。Ⅲは槍田良枝と共編で、ドストエフスキイと日本文学との関係を扱った文献についてのきわめて詳細なリスト。

望月哲男『ドストエーフスキイ論の地平』（「ドストエーフスキイ研究」第三号）　大空社　一九八六

一九八〇年代の欧米のドストエフスキイ研究の動向を追ったもの。

新谷敬三郎・柳富子・井桁貞義編『ドストエフスキイ翻訳年表（独仏英米日――一八八一～一九四五）』（「比較文学年誌」第24号）　早稲田大学比較文学研究室　一九八八

ドストエフスキイの死後、第二次世界大戦終了までの欧米各国及び日本における作品翻訳のデータを総合した年表。

さくいん

【人　名】

芦川進一……三六
アファナーシェフ
……一二七・一二九〜一三一
アポリナーリア一五二・一五五〜一五八
新谷敬三郎……二三三
アレクサンドル一世……一五
アンヴローシイ……二一四・二三三
アンツィーフェロフ……六〇〜六三
イサーキイ……二〇七・二〇八
石川郁男……七〇
糸川紘一……一四九
イワーノフ（ヴャチェスラフ）
……一七三
イワン雷帝……一九・一三五・二〇九
ヴィスコンティ……二二八
ヴェトローフスカヤ　二一九・二二三
ヴェリトマン……一九
ウォルインスキイ……一七三
ヴォルテール……六五・二二五〜二二七
ヴォロッコイ……二五
宇波彰……九一
ヴャーゼムスキイ……六一
エイヘンバウム……三〇・三三
エカテリーナ二世……六一・六四
江川卓……五二・一四八
エリアーデ……一三三
遠藤周作……二二八
オーウェル……六九
オーウェン……六六
大江健三郎……二二七
大岡昇平……二二五〜二二七
大塚義孝……三六
大貫隆……二三三
オガリョーフ……一五五・一六七
荻野恒一……二一〇
オドーエフスキイ……
三一・六八・一四二・一四九・一五三・一七六
加賀乙彦……二一〇
笠井潔……二二八
カトコーフ……
一二五・一二六・一二八・一七一・一七三
カフカ……一三八・一四八
カベー……六六〜六八
ガボリオ……一二四
カラムジーン……一九・三九・二〇九
唐木順三……五二
川原栄峰……一八五
カント……八四
カンパネラ……八七
木村敏……三六・一〇〇・一一〇
グリゴーリエフ……
八二・八三・一二七・一三〇
グリゴローヴィチ……
三一〜三四・四四・五四・五九
グリンカ……一五四
クルコーフスカヤ、コル
ヴィン……一〇〇
黒沢明……二二八
ゲーテ……二六・
一七三・一七四・一七六・一八〇・二二七・二二八
ゲルツェン三一・六七・七〇・一一三・一六八
ゴーゴリ……二〇・二七・三〇・三一・
四九・五二・六二・六三・九八・一九六・二二五
小泉猛……七〇
小島信夫……二二七
コックス……二三三
コルネイユ……二六
コマローヴィチ……六一・七〇・二〇一
コワレフスキイ……二〇六・二一三
作田啓一……七〇
ザスーリチ……六八
サバラン……三三
ザミャーチン……六九
サルトル……一三八・一四八
サン＝シモン……一六七
サンド……三一・三五・一一三
椎名麟三……二二八
シェイクスピア……
二六・一七三・二二八
シェヴィリョーフ……一二八・一二九
シェストフ……八四・一七九
ジェルジャーヴィン一九・二八・六一
シクリャレーフスキイ……一二四
シチェルバートフ……六三・六五
シドローフスキイ……二七・二八
島崎藤村……二二九
島田雅彦……二二九

清水孝純……一四八
清水正……一四八
ジュコーフスキイ 一九・二七・一〇四
シラー…二〇・二八・二九・三五・八四・二一八
ジラール……七〇
杉里直人……三六
スコット……一九・四一
スターン……一九
スタンダール……七七
ストラーホフ……一七三・一八六
スマローコフ……六一・六四
スミルノーフ……一三三
ソルジェニーツィン……二一三
高橋和巳……二一八
武田泰淳……二二七
ダーリ……一九・一三三
タルコーフスキイ…二一三・二一八
チーホン……二二三~二二五・二三三
チェホフ……三七・七一・一一四
チェルヌィシェーフスキイ
……六七・七〇・八一・八四
チモフェーエワ……
九四・九九・一八七~一九五・二三〇
ツェイトリン……五六・五七・七〇
ツルゲーネフ……
五四・一五四・一七〇・一七六・二二一・二三〇
ディケンズ……一七三
トインビー……一九九
トゥニマーノフ……八六
トポローフ……一四八
トルストイ、A・K……一七六
トルストイ、レフ
……三一・一八二・二二一・二二四
トンプソン……二二一・二三三
中上健次……二一八
中村健之介……七〇
中村喜和……二二三
ナボコフ……一三六・一四八
ナポレオン…一四~一六・七四・七七・
七六・一一七・一一九・一二〇・一二三・一四八
ナポレオン三世……一二〇
ニーチェ……三六・一七九~一八三
ネクラーソフ……三三・
三四・五四・七〇・七九・八一・八二・二二二
ネチャーエフ…一六七~一六九・一八九
ネチャーエワ……二五
ノディエ……一一三
野中涼……二二五
野間宏……二一八
バイロン……一四・二八・七一・一一三
バクーニン……一六七・一六八・一七三
バシューツキイ……一三三
パステルナーク……二一三
バーチュシコフ……六一
ハックスリ……六九
埴谷雄高……一四八・二一八
バフチン……
四六・四七・七一・九一・一四一・一四九・二二七
原卓也……七〇
バルザック……三三・三四~三六
ピョートル大帝……六一・六五・
六八・一一八・一一九・一二五・一七〇・一九七
フェドートフ……二三三
フェヌロン……六四
フォイエルバッハ……一七八
フォン゠ヴィジナ夫人
……一五・九九・一〇五
福沢諭吉……一五九
プーシキン……一四・二〇・二一・二四・
二七~二九・三一・四三・五一・七七・一二四・
一五三・一七五・一九八・二二〇・二二一・二二五
ブスラーエフ……一二七~一三〇
ブーバー……四八・五二
フーリエ……五九・六六~六八
ブルガーリン……八七
プレトニョーフ 二二三・二二五・二三三
フロイト……三六・一六一
プンピャンスキイ……一四一
ベーコン……八七
ベスソーノフ……一二七・一二九
ペチョーリン……一四三・一七七
ペトラシェフスキイ……
五五・六六・六八・七〇・九八・一七三・一九六
ベリチコフ……七〇
ベリンスキイ……
五二・五四・五五・五九・七〇・九八・一二九
ボードレール……一四・三六・一八二
ホフマン……二六
ボルシャコーフ……二三三
ホルバイン……一五九・一六〇
マイコフ……
一六二・一八六・一九八・二〇〇~二〇三
松村昌家……九一
マルクス……六八
三田誠広……二一八・二三九
宮崎武俊……一一〇

宮本輝……二三九
ミリューコーフ……六六・六七
ミレル……一二八
村上春樹……二三九
メンデルスゾーン……一五四
モア……六四・八七
モーツァルト……一五三・一五四
モンテスキュー……六五
ユゴー……二六・一三三・二二八
ユング……一三三
ラジェーチニコフ……一九・三二
ラスネール……一三一
ラファエル……一六〇
リヴォーフ……六五
リハチョフ……二三
リョーフシン……六五
ルソー……
二二・四〇・六四・六五・七〇・八四・二二七
レヴィ＝ストロース……一三三
レスコーフ……二二
レールモントフ……
一五・三二・七五〜七七・一七五・一七六
ロッシーニ……一五四
ローラン、クロード……一六〇
ワーグナー……一五四

【事　項】

「あけぼの」誌……一六二
＜アジア的古代＞……一三三・二二八
『哀れなリーザ』……
一九・三九・四〇・四二・四三・五二
＜アンチクリスト＞……
一〇七・一一九・一八〇・一八一・一九四
＜アンチーヒーロー＞
……八二・九〇・九一
＜アンチーユートピア＞……六九
『駅長』……四一〜四三
『オネーギン』……
三〇・三一・一三四・一七五
『外套』……四一〜四三・四五・四六・四九
＜境界＞……一四三〜一四八・二二七
＜クリスタルーパレス＞
……六八・八六・一五八
「現代人」誌……八五・一二一
『現代の英雄』……三一・一七五
「声」紙……一二一・一六二・一八六
「コーロコル」紙……一五五
「時代」誌……八二・
一一七・一二二・一二四・一九六・一九七・二〇一
「市民」誌二二四・一八六〜一九五・一九七
社会主義……五九・六六・六七・七〇
神人アレクセイ二二八〜二三〇・二三三
『スペードの女王』
……六二・七七・一二二・一七五
「世紀」誌……九〇・一九六・二〇一
『聖書』……一五・五五・
八六・九八・九九・一〇三〜一一〇・一四七・
一七三・一九三・二〇八・二〇九・二三〇
『青銅の騎士』……六二・六三
＜聖なる愚者＞……
一九・二〇六〜二二四・二三三
＜生理学もの＞……三二〜三四・三六
中央工兵学校……
二四・二六・三〇・九六・九七
デカブリスト……
一五・五五・一〇三・一〇四・一一七
てんかん……二三・
三六・一〇〇・一一〇・一六一・一九二・二二四
ドゥーロフーサークル　五五・六六
＜土地主義＞……六八・八九・一九七
『何をなすべきか』
……八二・八五・八七・八八
二月革命……五四
ニヒリスト（ニヒリズム）
……一二八・一三六・一七〇・一七一・一七七・
一八〇〜一八三・一九七
万国博覧会……八六・九一・一五八・一五九
＜文学についての文学＞……四一
分離派……九七・九九・一二一・一三一・一三三
「北極星」誌……一五五
『ボリス・ゴドゥノーフ』
……二一九・二〇九〜二一一
＜向こう側＞……九一・一三八・
一三九・一四七・一四八・一六〇・二二八
『黙示録』……六九・八八・一〇〇・一〇六・
一〇七・一一〇・一四〇〜一四三・一四六・
一五八・一七三・二二四・二三〇・二三七
「モスクワ通報」紙
……一三〇・一六二・一六六
ユートピア……五六・六〇・六一・
六三〜六六・六八・七〇・七一・八六〜八八
＜欲望の三角形＞……七〇
ルーレット……一六一
ロシア聖書協会……一〇三・一〇四
「ロシア報知」誌
……一一五・一三六・一六二・一七二
＜我と汝＞……四七・四八

ドストエフスキイ■人と思想82　　定価はカバーに表示

1989年 6 月30日　第 1 刷発行©
2014年 9 月10日　新装版第 1 刷発行©
2018年 2 月15日　新装版第 2 刷発行

・著　者 …………………………………井桁《いげた》　貞義《さだよし》
・発行者 …………………………………野村久一郎
・印刷所 ……………………………広研印刷株式会社
・発行所 …………………………株式会社　清水書院

〒102-0072　東京都千代田区飯田橋3-11-6
Tel・03(5213)7151～7
振替口座・00130-3-5283
http://www.shimizushoin.co.jp

検印省略
落丁本・乱丁本は
おとりかえします。

Century Books

Printed in Japan
ISBN978-4-389-42082-6